Welcome to the Labyrinth Diner "Maoukutsu" 3
「お、お前、何なんだ……？」
呆然と立ち尽くした男の名は、第四階位魔王、暗々裏レスタンクール。
第四階位魔王
レスタンクール
クロエにもビビる全魔王最弱のレッサーヴァンパイア。内政特化型であり多くの魔族領を運営している。

赤帽族《レッドキャップ》
エレ
厨房担当
リューさん

魔王を目指す
呪われ魔族
クロエ
鉄壁
レイフ
リューさんを
慕う少女
カロラ
ウェイトレス
ミャーさん

旅館がオープン!!
「い、いらっひゃいましぇ！」
「噛んだな」
「……噛みましたね」

迷宮食堂「魔王窟《まおうくつ》」へようこそ

～転生してから300年も寝ていたので、飲食店経営で魔王を目指そうと思います～

3

Welcome to the Labyrinth Diner "Maoukutsu"

口絵・本文イラスト　すざく

CONTENTS

Welcome to the Labyrinth Diner "Maoukutsu"

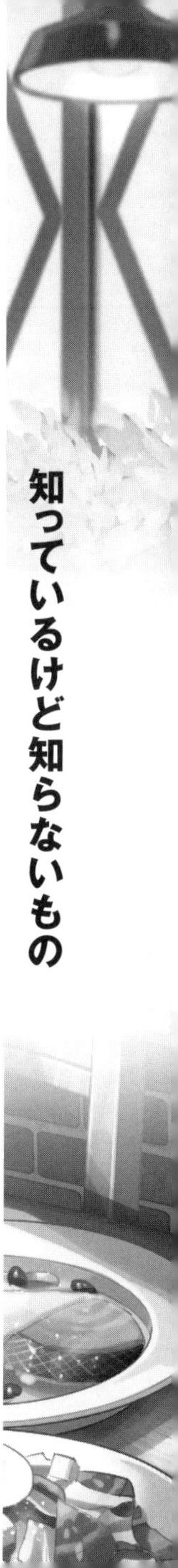

知っているけど知らないもの

「いらっしゃいませ、迷宮《めいきゅう》食堂『魔《ま》王窟《おうくつ》』へ、ようこそ！」

馴染《なじ》みとなった食堂で働く少女は、いつもと変わらぬ様子で私を受け入れる。

一目で人族でないと分かるほどに先祖の血が色濃《いろこ》く残る私のような魔族が、人族の街に入ることは少ない。この時代では迫害《はくがい》されることが少ないとはいえ、魔族を恨《うら》む人族などいくらでも居るからだ。それは大体、とある一人の魔王の所為《せい》なのだが。

見る者が見れば、感じる者が感じれば、体内で凝縮《ぎょうしゅく》された魔素《マナ》は私が迷宮魔族であることを示す。迷宮の外に居る迷宮魔族など、殻《から》に籠《こも》っていない蝸牛《スネイル》のようなもの。

しかし、この店では違《ちが》う。多種多様な種族が、時として迫害されるような種族までもが、皆《みな》が食事のために集っている。

「あら、ベトのとこの子、また来たのね」

「偶然《ぐうぜん》近くの街に居たもので……お世話になります」

「お世話なんかしないよー」

てこてこと近づいて来た空五倍子《うつぶし》色の猫《ねこ》が、私に話しかけた。が、挨拶《あいさつ》だけするとすぐに他の客のところへ向かっていく。顔見知りが来たから挨拶に来ただけのようだが、一応猫の姿をした彼女《かのじょ》も店員だ。

もう昼過ぎでピークタイムが終わったとはいえ、客席はほとんど埋《う》まっていた。毎度のことながら、随分《ずいぶん》と繁盛《はんじょう》しているようだ。

他の客が居ない適当な席について、メニューを開く。

今日も魚にするか、それともたまには肉料理でも頼《たの》むか――そんなことを考えながら少女の持ってきた水を口に含《ふく》むと、向かいの席に男が座《すわ》った。

この店は混雑時に相席をするのが一般的《いっぱんてき》だ。とはいえ、私と同席したがる人族はあまり多くない。それは当然、外見が影響《えいきょう》しているだろう。

「蜘蛛族《アラクネ》……初めて見たな」

向かいに座った男は二人組で、うち片方が私のことを見て呟《つぶや》いた。

相席した見知らぬ客に話しかけるのは珍《めずら》しくないが、連れの男が腹を小突《こづ》いている。人族には他人の外見的特徴《とくちょう》を口にするのを悪く感じる文化があるらしい。

「エリアス！　失礼だろ？」

「失礼？　何がだ？」

「何って……いや、それは俺《おれ》には分からんが、なんとなくそんな気がしないか？」

「しないな」

「………そうか」

二人の会話があまり噛《か》み合っているようには思えないのは、人族と異なる外見を持つ魔族が居て当たり前と考えている者と、特異な存在と見る者の違いだ。

男はメニューを一瞥《いちべつ》すると、壁際《かべぎわ》を歩いていた猫店員に手を上げて注文をする。注文する料理を考えるためメニューを開いたのではなく、新しいものがあるか確認《かくにん》しただけなのだろう。

「カレーライスを、オークカツのトッピングで」

「エリアスはカレーか。カレーも捨てがたいが、俺はパンの気分なんだよな。うーん……悩《なや》ましいが、ビーフシチューをパンで頼む」

しかし、二人の注文には不明点があった。月に数度は来るほどの常連客である私が、どちらも知らない注文だったからだ。

「トッピング？　パン？」

カレーというどろりとした煮込《にこ》み料理を食べている者がしばらく前から増えているのは

認識《にんしき》していたが、メニューを見返してもトッピングなんて項目《こうもく》はない。

それにもう一人の頼んだビーフシチューは以前よりメニューにあるが、頼んだことはなく、更《さら》にこの店でパンを食べる者を見た記憶《きおく》もなかった。

「ん？　蜘蛛族《アラクネ》の姉さんも常連か。トッピングは最近常連のカレー好きの間で広まってる注文だな。通常は単品注文が出来ない定食のおかずも、定食の半額払《はら》えばカレーに載せてもらえるんだ」

「へぇ……」

少しだけ軽薄《けいはく》そうな男がそう教えてくれるので、メニューに視線を落とす。そんな記載《きさい》はどこにもないので、店主の善意で受けているだけなのだろう。

そのような特殊《とくしゅ》な注文は一歩間違《まちが》えば迷惑《めいわく》客になるが、この店の提供速度ならばそのくらいの無茶《むちゃ》な注文も対応出来るということか。数種の決まった料理だけを出すような食堂では、そのような特別対応は出来ないはずだ。

「で、パンは一部の料理でだけライスの代わりに頼むことが出来るんだよ。今はビーフシチューと鳥《チキン》のトマト煮《に》、あとは煮込みハンバーグくらいか？」

「あぁ。ちょっと値が張るが、俺はその中だとビーフシチュー派だな。とろっとろの牛肉に濃厚《のうこう》なシチュー、それと風味の違う三つのパンの組み合わせが最高なんだ」

「ふぅん……」

そう聞くと、普段《ふだん》は食べないものに挑戦《ちょうせん》してみたい気持ちになってくるので不思議だ。いつも似たようなものばかりを注文していたので、魚料理だけでなく肉料理の方まで意識を延《の》ばして熟考する。

「……うん、決めた。サーモンのクリーム煮でお願いします」

近くに居た猫店員――恐《おそ》れ多くも食堂で給仕《きゅうじ》をしている魔族の大先輩《だいせんぱい》は「はぁい」と気の抜《ぬ》けた声を返してくれる。

何かの道楽か、それとも長く生きすぎておかしくなったのだろうか。そんなことを考えていたら、感情の読めない猫の瞳《ひとみ》でじっと見つめられたので、慌《あわ》てて目を逸《そ》らした。

「あ、クリーム煮はパンとライスが選べるけど」

「パ、パンをお願いします」

これ幸いにとパンを注文しておいた。どうやら二人は魚料理でも主食がパンになるものがあるとは知らなかったようで、メニューを開いて何か話している。

猫店員の正体を知らない常連客は、猫ちゃん可愛《かわい》いだのサボってても癒《いや》されるだの言っているが、私にとっては恐怖《きょうふ》の大魔王がそこらへんを歩いている感覚である。

正直何が起きてもおかしくないが、それはそうとしてこの食堂で美味《おい》しいご飯を食べたいし、顔見知りくらいになっておけばいざという時に助けて貰《もら》えるかも、なんて淡《あわ》い期待もあり、こうして通っている気持ちがないわけでもない。

「ところで相席になったついでに聞いておきたいんだが、姉さんの名はラーレだったりしないか？」

「……うん？　何？」

「あ、いや、違うんなら悪かった。ただなんか、似てる気がしてな」

「似てる？　誰《だれ》に？」

「蜘蛛族のラーレ。俺のご先祖さんが書いた本の登場人物だ。あぁ、どうせ偽名《ぎめい》なんだろうけど、魔族だから長生きしててもおかしくないなと思っただけだ。他意はない」

「……一応、私の名前はラーレだけど、それがどうしたの？　本って何の話？」

正直に答えておく。私は迷宮を手に入れて200年を超《こ》すそれなりに長寿《ちょうじゅ》の魔族ではあるが、人族にまで名が知れているほどではない。私くらいだとまだ中堅《ちゅうけん》くらい、冒険者《ぼうけんしゃ》ギルドに迷宮の管理者として名前が載《の》っているかも怪《あや》しいくらいである。

名を知っていた男は驚愕《きょうがく》に目を丸くしたが、口元に手を当ててしばらくぶつぶつと何かを呟く。その瞳は私でなく、もっと遠くを見ているようである。

「ベルント・クレーべという名に聞き覚えは？」

「…………あぁ、ベルね。昔近くの街に住んでたガキ大将に同じ名前のが居たと思うけど、それが？」

そう返すと、男は天を仰《あお》ぐように上を向き、目元を手で覆《おお》い「あー……」と声を漏《も》らす。

ベルント・クレーベ。懐《なつ》かしい名だ。あれは私がまだ迷宮を手に入れる前――後に主となった魔王とも出会う前の、ただの魔族の子供だった頃《ころ》の話。

私が生まれたのは、魔族であっても人族と見分けがつかない者がほとんどの時代だ。

しかし、私は先祖の血を色濃く残して生まれて、故郷では少々避《さ》けられていたので一緒《いっしょ》に遊べる友人もおらず、隣街《となりまち》に遊びに行くことが多かった。

そこは故郷とは違い、人族と魔族が共に暮らしている大きな街で、私を見る目が奇異《きい》なものを見る目ということには変わりなかったが、魔物《まもの》だなんて蔑《さげす》まれることは少なかった。

同種の中に居る異物と、異物ばかりの世界の違いだろう。

そこで出会ったのが、ベルント・クレーベ――ベルと呼ばれていたガキ大将だ。

ベルは良いところに生まれたお坊《ぼっ》ちゃんであったが、破天荒《はてんこう》な性格から跡継《あとつ》ぎに選ばれることはなく、スラムに住む孤児達《こじたち》のまとめ役のようなことをしていた。

当然、スリであったり万引きであったりをするスラムの孤児達であったが、誰も味方になってくれる者がおらず、たった一人で今日の食事にすら困るような生活をしていた時代と比べると、随分と過ごしやすくなったと古株の孤児が語っていたのを覚えている。

私がベルと出会ったのは、彼《かれ》がへまをしたことで怪我《けが》をしてしまった時だ。

誰かボスを助けてあげてという小さな子供の声が聞こえたので慌ててそちらに向かうと、大量の血を流し倒《たお》れるベルの姿があった。どうやら、スリが見つかった孤児を庇《かば》い、冒険者に切られてしまったのだという。

——自業自得《じごうじとく》だ。今ならそう思える。だがその時の私は違った。

助けてくれる人なんていない、誰からも愛されずに生まれ落ちてしまった私は、大勢の孤児達に囲まれるベルを見て、嫉妬《しっと》してしまった。そして、死ぬときはこうして大勢の人に囲まれて涙《なみだ》を流されたいなんて、つまらない夢想までしてしまったのだ。

スラムには医者はおらず、薬はなく、包帯すらない。ただの切り傷も、放っておけば膿《う》み、腐《くさ》り、そして二度と治らないほどの大怪我となる。

そんな彼を、私は放っておくことが出来なかった。

私は、その時初めて蜘蛛の糸を出すことが出来た。蜘蛛族は生まれてすぐに糸を出し操《あやつ》れるようになるらしいが、私は両親に何も教えてもらえなかったのもあり、それが初めての経験となる。

最初は加減が分からず繭《まゆ》のようになってしまったので、他の子供達と一緒になって包帯のような帯を作り、それでベルの傷口を覆い隠《かく》す。子供の一人が「強く縛《しば》った方が速く血が止まるんじゃないか」なんて言ったので、十人がかりくらいで縛っていたら、胸の骨が折れていたと後でベルに笑われたっけ。

子供達による必死の看病の結果か、それともベル本来の治癒《ちゆ》能力のお陰《かげ》か、はたまた家に帰ってからちゃんとした医者にかかったからかは知らないが、ベルは一月もすると元気に走り回れるほどに回復していた。

それから私はしばらくの間、ベル達と一緒に遊ぶことが多くなった。スラムには人族だけでなく魔族や獣人《じゆうじん》族の子供もおり、私はすぐ馴染むことが出来たのだ。

けれど、そんな楽しい日々は1年もしないうちに終わりを迎《むか》える。

魔王バートウィッスルの侵攻《しんこう》により数日で廃墟《はいきよ》になったその街で、生き残りは——居たのか、居なかったのか。

その場に居合わせなかった私は、何も知らない。魔王軍による残党狩《が》りが激しく、死体の中からベルや孤児達を探すことすら、当時の私には出来なかったからだ。

それが、私とベルの出会いと別れ。今から２００年以上前の、遠い、遠い昔の話。

「……そっか、生きてたのね」

「てーと、やっぱり本の通りなのか。付き合ってたのは魔王から逃《に》げる前までだって」

「いや付き合ってはないわよ⁉」

「そ、そうなのかっ⁉」

あれ、いや違うよね、明らかにそんな雰囲気《ふんいき》じゃ……なかった気がするけど、正直子供心はよく分からないのでなんとも言えない。そんな雰囲気だった気もするし、全然違ったような気もする。そもそもベルは私だけでなく孤児達皆《みな》に優《やさ》しかったのだ。

「そもそも、子供の頃の話よ。付き合うも何もないでしょ」

「……それもそうか。悪かったな」

男――エリアスと言ったか――が、ぺこりと頭を下げた。謝《あやま》らせてしまったが、よく考えたら悪いのは彼でなくベルだ。勝手なこと書きやがってあの野郎《やろう》。

まぁとっくに死んでる男が書いた本の話だ。脚色《きゃくしょく》してるのは当然とはいえ、少々癪《しゃく》に障《さわ》る。ベルのことだから、面白《おもしろ》おかしく過去を捏造《ねつぞう》していることだろう。嘘《うそ》でも書いた方が読んだ人は面白いだろうと語る彼の姿が、本を読まずとも目に浮《う》かぶ。

「俺は当然会ったこともないから知らないんだが、姉さんからしたらベルント・クレーベはどんな男だったんだ？」

「そんなこと言われても、どっちも10歳《さい》かそこらよ？」

「それでもいい。冒険王《ぼうけんおう》って呼ばれるような男に、見えたのか？」

「ぶふっ！」

突然《とつぜん》湧《わ》いて来た面白ワードに、思わず吹《ふ》き出してしまう。水飲んでなくて良かった。

「ぼ、冒険王って何？」

「冒険王ベルント――今で言うところの二つ名だな。本読んだことなくても、人族の男に生まれたら名前くらいなら誰でも知ってるはずだ」

そう言ったエリアスは黙《だま》って話を聞いていた連れの男に「知ってるよな？」と問うと、男はコクリと頷《うなず》き、口を開く。

「知名度は――大体天眼《てんがん》と同じくらいの印象だな」

「へぇ……」

天眼と言う名は、当然知っている。私のような中堅《ちゆうけん》魔族では戦ったことはないが、この店の常連として会ったことは度々《たびたび》ある。まぁ店の外で会うことはないが、魔族の中で最も名の知られている人族は誰だと問われれば、真っ先に天眼が浮かぶであろう。

最強の人族。それも、寿命《じゆみよう》から超越《ちようえつ》した存在だ。

唯一《ゆいいつ》寿命で逃げ切りを狙《ねら》える迷宮魔族であっても、不老の男から逃げ切ることは出来ない。魔王の座を失う以上に屈辱《くつじょく》ともいえる迷宮の閉鎖《へいさ》までして逃げたのに、見つけ出され殺された魔王まで居るのだ。

『世界蛇《せかいへび》』と呼ばれた災厄《さいやく》の魔王から奪《うば》い取ったとされる彼の魔眼は、敵対する者を決して逃がさない。星の裏側まで逃げても、すぐに見つけられるとか。

とはいえ、敵対しなければ天眼はただの傭兵《ようへい》だ。冒険者などではないので、用なく迷宮を攻略《こうりゃく》したりはしない。彼を恐れている魔族とは、即《すなわ》ち人族の命を明確に脅《おびや》かしている者だけである。

人族より魔族を相手にしていることの方が多い私なんかは、そもそも彼に狙われる理由がない。そのあたり、一部のめんどくさい勇者なんかよりはよほど安全な存在だ。

「流石《さすが》に、魔族にも天眼は知られてるのか」

「名前くらいよ。あっちは私のことなんか知らないでしょ」

三人の視線は、店内で丼《どんぶり》ものをおかわりしている大柄《おおがら》な男に向いている。

――そう、まさにあれが天眼だ。武器を持たずとも誰が見ても強者であると明らかな雰囲気を醸《かも》し出すその男は、閉じた両目で何を見るのか。

三杯《ばい》目の丼を平らげて腹を擦《さす》っていた天眼が、聞こえるか聞こえないかくらいの声量でぼそりと小さく呟いた。「トゥエシロ峠《とうげ》の川の先」、と。

「――ッ!?」

天眼はこちらに目も、顔も向けてもいない。ただ、あまり広くない店内でそれなりに騒々《そうぞう》しいとはいえ、意識していれば話を聞き取ることくらいは出来たのだろう。私が今彼の呟きを聞き取ったように。

トゥエシロ峠の川の先――そこには、私の迷宮の入り口がある。

心臓の鼓動《こどう》が、急に強くなる。まるで心臓そのものが大きくなってしまったかのような錯覚《さっかく》を覚えるほど、ドクンドクンと大きな音が聞こえる。

「お待たせしました！」

そんな緊張《きんちょう》を解してくれたのは、少女が料理を運んできたからだ。

男達の注文したカレーにビーフシチュー、それともう一皿、私の注文したクリーム煮も机に並べられる。あらかじめ作り置きしておくのが難しそうな料理を数分で出せるなんて、厨房《ちゅうぼう》では一体何が――なんて考えるのは、無意味なので随分前にやめた。

天眼から意識を外し、目の前に置かれたクリーム煮に集中する。

深皿にはなみなみと乳白色の液体が注がれ、中央にはどんと大きくカットされたサーモンの切り身が入っている。見た目は随分シンプルな料理だ。

パンは気泡《きほう》の多く入ったバゲットが薄切《うすぎ》りにされている。クリームに浸《ひた》して食べることを想定しているのだろう。

どうやらパンの種類も男達の知っているものとは違ったようで、腹を小突き合っている。自慢《じまん》げに説明したのに、知らないものがあったのがよほど恥《は》ずかしかったのか。

この食堂は定期的にメニューが変わるし、常連は好きなものばかりを注文する傾向《けいこう》にあるので、知らない料理があっても当然だ。私だって、魚料理をコンプリートする前にメニューの入れ替《か》えが起きるというのをこれまで二度経験している。

今回注文したクリーム煮は、更新《こうしん》される以前のメニューにはなかったものだ。普段ならば優先的に注文するものは他にあるのだが、男達の話を聞いたことで、普段注文しないものから食べてみようと思ったのである。

「サーモン、ね……」

名も知らぬ高級魚が使われることもあるこの食堂にしては珍しく、クリーム煮の主役となるのは随分と大衆的な魚である。

川で生まれ海で育ち、また川に帰る特性を持つ魚。生まれ故郷では遡上《そじょう》するものを捕《つか》まえてはよく食べていたもので、魚の中でも最も数多く食べていたかもしれない。

それもあって、注文する優先度が低くなるだろうな、と考えていたのだ。

故郷にはミルクを絞《しぼ》る用途《ようと》で飼われる家畜《かちく》など居なかったのでクリーム煮に親しみはないが、故郷を出てから食べたことはある。だが、どうしてよりにもよって唯一《ゆいいつ》のサーモン料理がクリーム煮なのだろうと首を傾《かし》げる。焼くや揚《あ》げると比べても、そこまでメジャーな調理法だろうか。

フォークに伸ばした手を止め、スプーンを手に取った。クリームを掬《すく》うと、口に含んでごくりと飲《の》み込《こ》む。

「……へぇ」

思わず声が漏れる。食べたことのあるクリーム煮とは随分《ずいぶん》趣《おもむき》が違ったからだ。

クリーム煮やシチューに使われるクリームとは、小麦とバターで作ったルウをミルクで溶《と》いたもの、くらいの認識しかしていなかったが、これはそれだけではない。

「スープ……？」

ミルク成分は、想像していたより薄《うす》い。その代わり、強い魚介《ぎょかい》の風味が口の中に溢《あふ》れている。どうやらミルクと魚介のスープを合わせることで、舌触《したざわ》りでなく味に重厚《じゅうこう》感を持たせているようだ。

だが、これくらいなら小麦とバターで濃度《のうど》を高めたルウを使っても良いのでは——その疑問は、何の気なしにスプーンの代わりにバゲットを手にし、少しだけクリームに浸して食べたことで理解させられる。

この料理において重要なのは、シンプルな調理法でも美味しいサーモンに負けないよう作られたクリームをどう楽しむか、だ。

濃度を高めたルウならば、いくら薄切りのバゲットといえど、クリームを掬うことは出来ても、浸し、染《し》み込ませることは出来ない。だが、このくらいの緩《ゆる》さに抑《おさ》えることで、クリームをパンに染み込ませ、二つの味を同時に楽しむことが出来る。

塩気も水分も少なく硬《かた》い食感のバゲットは、噛み締《し》めるほどに小麦の味を感じる。

天然酵母《こうぼ》を使った柔《やわら》かいパンが至高という考え方もあるのは知っているが、このクリームとの相性《あいしょう》で考えると、浸してもまだ形状を保っていられる固焼きのバゲットの方が優《すぐ》れているだろう。確かにこの料理はパンありき、ライスだけでなくパンが選べるのも納得《なっとく》だ。

クリームを浸して尚《なお》、かりかりと残った食感からは小麦の香《こう》ばしさを。魚だけでなく海老《えび》や蟹《かに》といった甲殻類《こうかくるい》由来であろうスープからはどっしりとした濃厚さを。その二つが組み合わさることで新たに生まれる調和が素晴《すば》らしく、思わず無心でパンをクリームに浸し食べ続けてしまった。

三枚目のパンを頬張《ほおば》ったところで、ようやく中央に鎮座《ちんざ》したサーモンに意識が戻《もど》る。

そうだった、私が注文したのはスープなどではなく、サーモンのクリーム煮であった。

「……この中に、サーモンね」

正直、クリーム部分だけで十分な完成度だ。ここにサーモンが加わったら、どうなるか。

無意識でパンに伸ばしていた手を戻し、フォークを手にしてサーモンに刺《さ》し、一口大に割り取って口へと運ぶ。

「んむ…………え？」

瞬間《しゅんかん》、私の脳裏《のうり》に浮かんだのは大海原《おおうなばら》だった。

私にとってのサーモンは、川魚だ。産卵《さんらん》のために遡上する性質を利用し、狭《せま》い川に押《お》し寄せ川を上るサーモンは、網《あみ》さえ持てば子供でも捕まえられるほどである。

身に脂《あぶら》が少なくあっさりとした味わいで、特にメスの卵が絶品である。だが、このサーモンは私の知っているそれではない。

「海の味、よね……」

同じ魚のはずなのに、私の慣れ親しんだサーモンとは全く違う。海魚特有の僅《わず》かな磯《いそ》の香《かお》りに加え、最も違うのは脂の乗り具合だ。

あっさりとした川魚とは全く違う、しっかりと脂の乗ったサーモンは魚介スープの際立《きわだ》つクリームにも負けることなく味を主張し、更にクリームと絡《から》み合って海全《すべ》てをミルクが纏《まと》め上げてくれる。

知っている魚だからこそ、たった一つの違いに私は驚《おどろ》いていた。そう、感じた違和感《いわかん》の正体は、獲《と》った場所の違い、である。

川で獲るサーモンは、産卵を控《ひか》えており栄養が生殖《せいしょく》のために使われるため、あっさりと淡白《たんぱく》な味になる。その代わりに卵が絶品で、雌雄《しゆう》によって少々味の違いが生まれる。

だが海で獲るサーモンはそれとは違い、力強く大海原を泳ぐため特有の脂を蓄《たくわ》え、そして海に生きる比較的《ひかくてき》大きな魚介類《ぎょかいるい》を餌《えさ》に育つため、風味も強くなるということ。

「……そういうのも、あるのね」

フォークを持つ手が止まり、考える。

同じ魚を、獲る場所が違うだけ。たったそれだけの違いは、こうも味に変化を齎《もたら》す。

それは、魚だけではない。たった一つの違いは、時として大きな変化へと繋《つな》がっていく。

私がこの店に出会ったのも、かつての主の友人と出会ったのも、たった一つの、小さな選択《せんたく》によるものだとしたら。

私はこれから、どのような変化を生み出せるのだろう。

「ねえ、これ受け取ってくれる？」

いつもの倍ほどの時間を掛《か》けて食事を終えると、揚げ物まで載っていた大盛りのカレーを食べ終え水を飲んでいたエリアスに声を掛ける。

彼に見せたのは、手の平に載るほど小さな糸の塊《かたまり》だ。

「ん？　……手毬《てまり》か？」

「……そんなところよ。あなた、ベルの子孫なんでしょ？　お墓とかあるなら、そこに供えておいて。あ、面倒《めんどう》なら捨ててくれても良いから」

訝《いぶか》しんだ様子のエリアスは、私の手渡《てわた》したそれを指先でつまみあげ、光にかざして見る。

知らぬ者が見れば、固く縛られた糸の塊に見えるだろう。

それは、蜘蛛族に生まれた者が最初に出した糸で作ると言われている、お守りのようなものだ。私はそんな文化を知らずに育ったので、後に同族の迷宮魔族に教えてもらってその時に作ったが――まぁ、いつ作ったかなんてのは関係ない。

――もう一度ベルに会えた時に渡そうと思って、ずっと取っておいたもの。

「じゃ、よろしく」

席を立ち、満腹感と、少しの解放感を感じながら、今日の予定を考える。

「……本でも、探しに行こうかな」

たまには人族の書いたものを読むのも良い気分転換《てんかん》になるだろう。

それが、遠い昔に大切な人の書いたものだと思うと――

「ふふ」

店を出て、街を歩く。人族の街に足を踏《ふ》み入れることは少ないけれど、本を探すくらいなら良いだろう。なに、他人を害するつもりなんて私にはないんだ。

「……あ、そういえば」

突然《とつぜん》思い出した。ベルに一度だけ、冗談《じょうだん》みたいに「大きくなったら結婚《けっこん》するか？」なんて聞かれたことがあったっけ。

あの時は笑って返しちゃったけど、今だったら――

「お断りよ、あんな男」

小さく笑いながら、女は歩く。

人とは違う彼女の瞳には、一体誰が映っているのだろう。

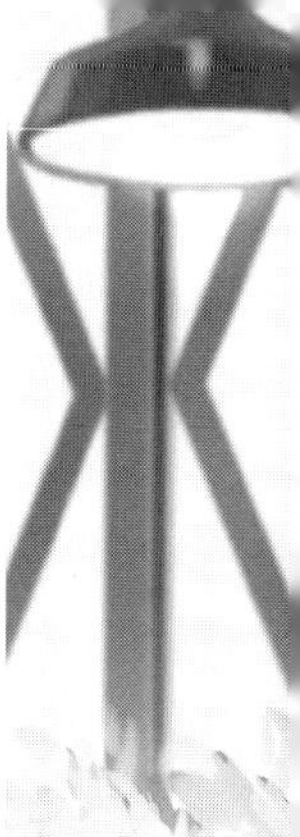

思い出の砂糖菓子

リューさんは、私と出会うまで１５００年、更に出会ってから３００年ほど一人で生きている。けれど、一人で居たという割には面倒見《めんどうみ》がよく、どこか慣れている感じがした。

その理由を聞いたことがある。どうやら、私と別れてから、短い間だが一人の女の子の面倒を見ていた時代があったのだという。

詳《くわ》しい話は教えてもらえなかったが、人族ならばとうに死んでいる年数が経過している。

きっとあまり思い出したくないことなんだろうなと、それ以上聞くことはしなかった。

失われて終わったと思っていたその話が、まだ続いているんだと知ったのは、とある少女に出会った時だった。


「ここが、おばさまの働いているお店ね」

その日にお客さんもまばらな夕方にやってきたのは、可愛らしいドレスに身を包んだ、私と同じくらいの身長の女の子だ。

女の子は一人で入店し、店内をきょろきょろ見ると首を傾げる。ミャーさんはお昼寝《ひるね》の時間だから私が対応しようと近づくが、私の方を見ていない。正確には、視界に入れるが気にしていない——といった様子。

「おばさまはどこに？」

「えっと……お店が違うかもしれません。この店におばさまは居ないと思うんですが……」

もしかしたら食堂の扉《とびら》を繋げている建物で昔やっていた店の話かもしれないと考えを巡《めぐ》らすと「お、久《ひさ》し振《ぶ》りだな」と厨房から出てきたリューさんの声が聞こえた。

「おばさま！」

「おー、元気してたか？」

「うん！」

女の子は私の横を通り抜け、リューさんの方へ駆《か》けて行った。店内のお客さん全員がぽかんと口を開けて二人を見ている。

リューさんは女の子の頭を撫《な》でると、「ちょっと座ってろ」とカウンター席に座らせる。

困惑《こんわく》のあまり声の出ない私とお客さん、あといつの間にか起きてたミャーさんをよそに、リューさんは厨房に入ると賄《まかな》いで飲んでいたジュースを注ぎ、女の子に渡す。

「えっと、リューさん？　……お客さん？」

「ん？　あー、オーセ、金持ってきてるか？」

「……おばさま、私はオーセじゃなくてカロラよ。オーセは私のおばあちゃん！」

「あー、悪い。顔同じで見分けつかねえんだよ」

「おばさまはいつもそうね。あと、お金は持ってきてるわ！　おばあちゃんにおこづかい貰って来たの！」

カロラと名乗った子が取り出したのは、手の平ほどに大きな金貨だ。食堂を開店して世界中を回って色々な硬貨《こうか》を見てきたと思うけれど、ここまで綺麗《きれい》で大きな金貨を見たのは初めてだった。

「……お前それ、この店買えるぞ。しまえしまえ。他のはないのか？」

「他のは……この小さいのくらいしかないけど……」

カロラが次に取り出したのは、青みがかって見える銀貨だった。あ、これは知ってる。魔導都市ボディルで使われてる魔銀貨ってやつだ。他の国の銀貨より少しレートが高いけど、国を出るとほとんど使われなくなる種類の硬貨だったはず。

「それで十分だ。クロエ、金持ってるから客だ」

「う、うん。いらっしゃいませ！　……えっと、注文、どうしますか？」

リューさんがカロラと雑談を始めてしまったので、少しだけ申し訳ない気持ちになりながら横から声を掛けると、リューさんは「悪い悪い」と話を中断する。

「何が食いたいんだ？」

「あ、そうなの！　雲！　私、雲が食べたいの！」

「「……雲？」」

私とリューさんの声が被《かぶ》る。いくらなんでも、空に浮かぶ雲はＤＰ交換《こうかん》出来ないはず。

リューさんに空飛んで取ってきて貰うわけにもいかないし……。

「ご先祖様の日記に、おばさまが雲を作ってくれたってあったの。それが食べたくて来たんだけど、迷惑だった……？」

カロラが少しだけ申し訳なさそうな顔で言うと、リューさんは首を傾げ「んー……？」と声を漏らす。どうやら何のことか分からない様子。

「リューさんが前から作れたのって、砂糖菓子くらいじゃない？」

考えてみると、食堂を始める前からリューさんは少しだけ料理を作ることが出来た。当然魔法《まほう》を使っていたのだが、全てお菓子、それも砂糖を主材料にしたものだったのだ。

「あ、ならあれか」

しばらく悩んでいたリューさんは、小さく呟くと厨房に入っていった。そして残される、困惑したままの私と他のお客さん。ミャーさんは興味がなくなったのかお昼寝に戻ってた。

なんと声を掛ければ良いか分からず、とりあえずお水とおしぼりを渡したが、カロラは私のことを見ようともしない。うーん、もしかして見えてないとか？　よくよく思い返してみると、最初から一度も会話が成立してないし。

よく分からないけれど気にしないでおこうと、食事の終わった席の片付けをしていると、カロラが突然近づいてきて話しかけてくる。

「あなた、おばさまの下女よね？」

「下女？　……えっと、たぶん違いますけど」

あれ、下女って偉《えら》い人が雇《やと》ってる女の人のことだよね？　給仕は下女じゃないし、そもそも私はリューさんに雇われてるわけでもない。店主は私だから、むしろ私が雇用主《こようぬし》だ。

「あら、そうなの。ごめんなさいね。なら、他に――」

「この店に店員は三人しか居ません。一人は休憩《きゅうけい》中なので、今は私が対応します」

ちょっと強めの口調になっちゃったけど、カロラの態度は世間知らずのお姫様《ひめさま》だ。見るからに高そうなドレスだし、先程《さきほど》出した金貨はお店が買えるほどの価値があるものらしいので、少なくともお貴族様ではある。自分と同じくらいの身長の子が偉そうにしているとちょっとだけムっとする。ふふーん、どうせ私は下女ですよー。

「そう。あの、おばさまに城に戻るよう伝えて下さらない？」

「城……ですか？」

「そう。見たでしょ？」

カロラが指さしたのは、うーん、どこだろう。魔銀貨が出てきたってことは魔導都市ボディルから入ってきているのは間違いないが、しばらく前に観光したきりなので、方角だけで建物が思い出せるほど地形が記憶に残っていない。

「その方角にあるのは、聖ビリエル教会と王城くらいだな」

近くの席で遅《おそ》めの昼食を取っていた神槍《しんそう》さんがそう教えてくれる。いつも綺麗に食べてくれている焼き魚だが、今日は少し箸使《はしづか》いが乱れているようだ。まぁ、リューさんが小さい子と親しそうに話してたら誰でも混乱するよね。

「王城……あ、あのおっきくてちょっと浮いてるとこ」

「そうよ。私、そこから来たの」

「……お姫様？」

「そうよ？　魔導国家アシェル五代目王女ディーサが長女、カロラよ」

そう言ってカロラは手を差し伸べてくる。えっと、何だろ、握手《あくしゅ》？

握《にぎ》り返そうと手を伸ばしたら、ぺんと叩《たた》かれた。握手じゃなかったみたい……。難しいよ偉い人のお作法……。

「今のは膝《ひざ》をついて首《こうべ》を垂れろという意味だ。まぁ、他国の人間に求めることではないな」

「な、何よあなた！　名乗りなさい！」

神槍さんが教えてくれたので、「へぇ」と声を漏らすと同時に、カロラが叫《さけ》んだ。どうやら神槍さんの物言いが気に入らなかったようだ。

「……冒険者ギルド管理部門長、ファブリス・クーランだ。マルベールの勇者って言った方が伝わるかな」

「そ、そう」

神槍さんが立ち上がり頭を下げて名乗ると、カロラは怖気《おじけ》づいたかのように一歩下がった。そういえば皆《みな》二つ名で呼ぶから、本名を聞いたのは初めてかもしれない。

しばらく悩んだ様子のカロラだったが、悔《くや》しそうにしながら黙って席に戻っていった。

「……俺が、そこらの下民でないと知ったんだろう」

「なるほど……」

見下そうとした相手が、結構偉い人だったってことかな。確かにそれならあの反応も納得だけど、リューさんってこんな性格の子を好くようなタイプだったかな？

リューさんが厨房から戻らないので、しばらく神槍さんに話を聞くことにした。

どうやら魔導都市ボディルを首都とする国が、魔導国家アシェルというらしい。

国土が狭いこと、首都ボディルの知名度が高いこともあり、国名で呼ばれることは少ないようだが、魔王《まおう》に侵略《しんりゃく》されて人族の国が減るばかりのこの時代には珍《めずら》しく比較的新しい国で、建国から200年と少しが経《た》っているようだ。

昔のことで神槍さんも詳しくは知らないらしいが、元となった国は魔族領に飲み込まれたわけではなく、国民同士の内乱で滅《ほろ》んだという。魔王という共通の敵が居るのに身内で揉《も》めて滅びるなんて馬鹿《ばか》らしいと思ったが、どうやら神槍さんも同じ意見らしかった。

そこで残された王族が作った国が、魔導国家アシェル。内乱で滅んだとは思えないほどに優れた治世によって、今に至るまで繁栄《はんえい》しているらしい。

で、カロラは名乗りの通りならそこのお姫様になる。そんな人におばさまって呼ばれるリューさんは、一体過去に何をしたのだろう。それは、神槍さんも知らないようだ。

リューさんが戻ってくるまでしばらくの間、私達は微妙《びみょう》な空気で会話を続けていた。

＊

あれは、今からどれほど昔のことだっただろう。

オレの記《き》憶《おく》は生まれて１８００年を超す今でも鮮《せん》明《めい》だが、これは他人に記憶を植え付ける魔法を自分に使い続けているからだ。生来の記憶野ではないスペースに情報を書き込んでいるため、索引《さくいん》に少々時間がかかるという難点がある。

そのせいか、どうしても過去の記憶を物語のように捉《とら》えてしまうことがあった。

カロラの――いいや、ハンナとの出会いは、そう、あれは――


クロエとの出会いからしばらく経ち、冒険者業だけでは研究費用が賄えず、魔術師《まじゅつし》ギルドに登録して小金稼《かせ》ぎをしていた時代だ。

「あなた、魔術師《ウィザード》じゃなくて魔法使《ソーサラー》いなのね？」

「あぁ？」

「あら、気を悪くさせたならごめんなさい。だってあなたの術式、どの教科書にも書かれてるものとも違《ちが》うのよ」

魔術師ギルドで調べものをしている時、突然話しかけてくる女が居た。

７歳かそこらの明らかに魔術師でないガキが、オレの術式の特性を一言で言い当てた。

魔法を使えるどころか、魔法を認《にん》識《しき》している奴《やつ》すらほとんど居ない時代だったので、常時展開の結界魔法を隠《いん》蔽《ぺい》していなかったのは、今考えればオレの落ち度だ。

だが、だからといって、見ただけで術式を読み解く力は、並みの人間が持ち合わせるものではない。――その女は、魔力《まりょく》に愛されていたのだ。

「ねぇあなた、私の家庭教師になってみる気はない？」

「テメェがどこの誰だか知らねえが、おままごとなら他所《ヨソ》を当たれ」

「嫌《いや》よ。もう十人は雇ったわ。でも、誰も私が魔術《まじゅつ》を使えない理由が分からなかったの」

声に揺《ゆ》らぎはない。荒事《あらごと》に向かない魔術師だけでなく、荒《あら》くれ者の集まりと言われる冒険者からも怖《こわ》がられることの多かったオレに、一歩も引かないこのガキに興味が沸《わ》いた。

術式固定《プリセット》していた鑑定魔《かんていま》法《ほう》を使用すると、この女の莫大《ばくだい》な魔力量に気付く。

しかし、目の前に居て尚、鑑定を通さなければそれを感じないほど、高度な隠蔽を施《ほどこ》された魔力貯蔵だ。それは、７歳ぽっちのガキに出来る芸当ではなかった。

「あるじゃねえか魔力。それ使えば良いだろ」

「分かるの？」

「これが分からねえなら、そいつは雑魚《ざこ》か、ただの詐欺師《さぎし》だ」

興味はそこで終わった。――はずだった。魔導書に伸《の》ばそうとした手を、その女が無理《むり》矢理《やり》掴《つか》まなければ。

「じゃあやっぱり、最初の先生が言ってたことは間違《まちが》いなかったのね。もう一度聞くわ。

あなた、私の家庭教師になってみる気はない？　……お金に困ってるんでしょう？」

「……どこで聞いた」

「調べれば分かるわよ。レアさんあなた、高額の依頼《いらい》にしか手を付けてないんだから」

「…………」

魔術師ギルドは、誰《だれ》がどの依頼を受けているかが常に開示されている。それは無知な者が無謀《むぼう》な依頼を受けないためのセーフティでもあり、魔術師同士で誰が専門知識を持っているか依頼内容と結果を見るだけで分かるようにするためでもある。

だからといって、ギルドに所属していない人間が調べられるほど杜撰《ずさん》な管理はしていない――と思い込んでいた。まさかガキに情報を開示する馬鹿の集まりだったとは。

「あら、失礼なこと考えてる顔ね。こう見えても私、ギルドに登録しているのよ？」

「はぁ？　そんな歳で何が出来るってんだ？」

そう問うと、女はどこかの本棚《ほんだな》から一冊の革張《かわば》りの本を持ってくる。

年間何十冊と出ている類の、素人《しろうと》の論文をまとめた本だ。読んだ記憶はあるが、精査されていない素人研究が多く、あまり参考になる話は載っていないことが多い。

「この本の七人目、ロニー・トールバルドが私の偽名《ぎめい》よ」

「……『天体術式による多次元解釈《かいしゃく》の可能性』か」

「あら、読んでくれたの？」

「読んだだけだ。……よくあんな論文が通ったもんだ」

「問題点は？」

ぐいぐいと近づいてくるガキに若干気圧《じゃっかんけお》されながらも、記憶から索引された情報を元に、当時考えたであろう感想を溜息《ためいき》交じりに答える。

「まず天体術式が光を通して過去に干渉《かんしょう》出来るっつー前提がそもそも間違ってる。光の届く速度は一定で、遠方にある天体の様子を見るための天体術式は過去の事象を参照しているだけだ。参照であって干渉じゃねえから多次元解釈は不可能、以上だ」

「……そうよね、私も論文を書いた後で調べてたらすぐ気づいたわ。でも、魔術の使えない5歳児にしてはいい線いってると思わない？」

「…………」

100点満点で5点。着眼点としては悪くないが、論文としては落第点にも程《ほど》がある。だが5歳、それも魔術を使って検証も出来ない者が机上《きじょう》で書ける論文ではなかった。そもそもの多次元解釈という分野が難解すぎて、魔法が一般的《いっぱんてき》だった時代ですら熱心に研究する者が居なかったほどなのだ。

それを5歳にして論文にまとめようと思った。どう考えても、常人ではありえない。

「どうして、あそこまで書けて魔術が使えないんだ？」

「それが分からないのよ。三人目の先生は、呪《のろ》われてんじゃないかって言ってたけど。あ、七人目の先生もだったかな？」

「呪いだぁ？」

ちょっと前に呪いの塊みたいな化け物に遭遇《そうぐう》して無力感を味わったばかりのオレに、呪いなんて安易な言葉を口にしやがった。

化け物用に整えたが結局何の役にも立たなかった呪いの除去魔法をガキに使用してみたが、特に除去反応はない。

「別に呪われてねぇな」

「……今、何かした？」

「………………」

答える必要はない。そう考えた。魔術が前提とされるこの時代、魔法を使える者は存在こそすれど、多数派には成り得ない。

魔術という便利な道具を手に入れた人間が、処理機能《プロセッサ》すら持たない原始的な術式制御《コントロール》に耐《た》えられるとはとても思えない。魔法には、唱えるだけで発動するような便利な定型文《テンプレ》などないのだ。

「魔力の流れを見るに、自身を恒星《こうせい》に見立てた魔力制御《まりょくせいぎょ》ね。対象である私は衛星かしら。発動したのは鑑定……うぅん、それにしては内部干渉への情報量が少なかったから……」

女はぶつぶつと呟《つぶや》き続けたが、しばらくすると結論を口にする。

「状態異常または呪いの除去術式ね？」

「……正解だ。さっきのは撤回《てっかい》する」

「あら、家庭教師受けてくれるの？」

「オレは高《たけ》ぇぞ？」

ニヤリと笑いかけると、女がカバンから取り出したのは紋章《もんしょう》入りの金時計。その紋章が示す国は――

「ヴァルテル王国か」

「そう。ヴァルテル王国第三王女、ハンナ・エルランド・ヴァルテルよ。よろしくね？　私だけの、宮廷《きゅうてい》魔導士さん」

意地の悪そうな顔で笑う女は、まだ10年も歳を重ねていないとは思えないほど狡猾《こうかつ》な、獲物《えもの》を見つけた蛇のような眼でオレを見て言った。

それから、短い宮廷魔導士人生が始まった。

他人に魔法を教える立場というのは、謎の化け物の処理に完全に詰《つ》まっていた当時のオレにはいい刺激《しげき》となった。

国家予算によって雇われていた以上研究費用は腐《くさ》るほどあり、資金面に難があり詰まっていた実験も進んだ。まぁ、何も解決させることは出来なかったのだが。

「レアさん、好きなものとかないの？」

そんなある日のことだ。取り寄せた過去の論文からハンナに似た症例《しょうれい》を探している時、ハンナが軽食のクッキーを齧《かじ》りながらそんなことを聞いてきた。

「好きなもの？」

「そうよ。私が言うのも何だけど、普段《ふだん》全然何も食べないじゃない」

「あー……そうだったか……？」

言われてみると、数日水すら口にしていなかった。それでも生きているのはその時既《すで》に人ではなくなっていたからなのだが、空腹を感じないのはそれとは別の理由だ。

「食べないのに慣れてんだよ」

「……よっぽど辛《つら》い人生を歩んできたのね」

「あ、いや、そうでもないが……んー……いや、そうでもあるか……？」

１５００年間、不死竜《ふしりゅう》の呪いによって封印《ふういん》されていたのは、考えてみると辛い人生なのかもしれない。ただ正直、辛いという感情はすぐに失っていたのだが。

封印されていた間、食事を摂《と》ることなど出来なかった。だが不死であるが故、食事を摂らなくとも死ななかった。

つまるところ、飢餓《きが》状態であることに脳が慣れたのだ。肉体を捨てて食屍鬼《グール》を選んだのも、屍人《しびと》系魔物《まもの》の持つ食人欲求を抑え込める自信があったからである。

「思考するには食事が必要って聞いたことがあるわ。レアさんはどこから食事の分のエネルギーを確保しているの？」

「あぁ、それなら簡単だ。魔力を糧《かて》に糖を生産する術式が刻んである」

「刻むって……どこに？」

「ここ」

側頭部をトントンと叩き伝える。オレの脳には、いくつかの術式が直接書き込んである。今から１５００年以上前の処置だが、それらは今でも問題なく機能している。

「……それ、私にも出来るかしら？」

「無理だ。オレが直接やったわけじゃなくて、昔そういうの得意な奴が居たんだよ」

首を振《ふ》って返した。学生時代に同部屋だった女が、人体改造が趣味《しゅみ》な変態学者だった。

魔法学校の学生でありながら次第《しだい》に魔法より呪術《じゅじゅつ》にのめり込んで最終的に呪術師となっ

た変わり者だが、あれほど趣味と仕事が直結した人間をオレは他に知らない。

「その術式があるから、レアさんは何も食べなくても平気なの？」

「……それだけじゃねえから、本当に慣れだな。普通《ふつう》の人間に真似《まね》出来ることじゃねえから、ハンナは諦《あきら》めてそれ食ってろ」

大きなクッキーを両手で持って齧り、リスのように頬《ほお》にため込んでいるのを見ると、思わず笑《え》みが零《こぼ》れた。こういうところは年齢《ねんれい》通りの女の子に見えるのに、ひとたび魔術や魔法について教えると、熟練の魔術師や魔法使いかのような理解度を見せる。

１５００年間眠《ねむ》らずオレの思考が続いていたのは、書き込まれた術式のお陰《かげ》だ。同じように封印された症例を他に知らないが、普通ならば栄養不足から人として思考を続けることが出来なくなり、意識が竜に乗っ取られていたに違いない。

「……もっと効率よくエネルギーを摂取《せっしゅ》する手段はないかしら」

「ん？　あるぞ」

「どうすれば良いの⁉」

学生時代のもう一人の同部屋――デカい宗教団体の偉い人の一人娘《ひとりむすめ》という出自を持つ奴は、オレを遥《はる》かに超《こ》える効率主義者だった。

一秒も惜《お》しんで研究に励《はげ》んでいたような狂《くる》った女だったから、３年間同部屋だったのに一緒《いっしょ》にまともな食事をした経験など片手で数えられる程度しかない。

食べる時間を勿体《もったい》ないと感じるくせして信仰《しんこう》に厚く、聖人だか主神だかの誕生日だとかいう日は、数日飲み食いも眠りもせず祈《いの》り続けることもあったほど。

「思考をするのに一番重要なのは糖――つまり砂糖だ」

「だから勉強した後は甘《あま》いものが食べたくなるのよね？」

「あぁ。で、糖を効率よく摂取するには――こうする」

空間拡張《インベントリ》から取り出したのは、白い結晶《けっしょう》。それを口に放り込み、噛《か》み砕《くだ》く。

「……それ、砂糖？」

「あぁ、ただの角砂糖だ」

アメリアは祈ってる時以外は四六時中角砂糖を口に含《ふく》んでおり、時折噛《か》み砕いてはまた新しいものを口に放り込むことを繰《く》り返していた。時間を惜しんで歯など磨《みが》かないが、神からの祝福を受けた身体は虫歯になどならないと自慢げに語られたのを覚えている。

オレのように魔力を糖に変換《へんかん》するのとは真逆、思考を鈍《にぶ》らせないために糖を摂取し続け、肉体の不調は全て祝福で治すといった荒業《あらわざ》だ。

角砂糖しか食べないのを憐《あわ》れんで砂糖菓子を買ってやったら、不服そうな顔で「もっと食べやすい形に出来ない？」と文句を言われたのはまだ覚えてる。

「……流石《さすが》に角砂糖そのまま食べるのは、私のプライドが許さないわ」

「じゃあ、こういうのはどうだ？」

砂糖は熱で融解《ゆうかい》し凝固《ぎょうこ》する。空間拡張《インベントリ》から取り出したいくつかの角砂糖を宙に放り投げ、熱による融解と冷気による凝固変形を繰り返し、形を変えていく。

「……出来た」

手遊び程度に覚えた一発芸のようなものだが、ハンナの手の平にコトリと落ちた砂糖の塊は、手のひらサイズの小さな本だ。

「これ……砂糖？」

「食えるぞ？」

なんとこの砂糖本は、ページを捲《めく》ることも出来る。ぱらりと表紙を捲ったハンナはそこからページを千切ると、舌の上に載せた。

「と、溶《と》けたわっ⁉」

「1ページ10ミクロ――普通の紙の10分の1くらいの厚さだからな。唾液《だえき》に触《ふ》れたら一瞬《いっしゅん》で溶ける。面白《おもしろ》いだろ？」

「………他にも作れるの？」

「あぁ、そうだな。他には――」

砂糖菓子のバリエーションは、数えきれないほどある。アメリアがそれしか食べなかったから、こちらも意地になって様々な砂糖菓子の作り方を覚えたのだ。

アメリアの時とは違い、ハンナには新しいものを作っても追加をせがまれるので、それからは課題を終えるたびに一つ新しいものを作るという約束をした。中でもハンナが喜んでいたのは、砂糖を極細《ごくぼそ》の糸状にしてふんわりと形を整えて作る綿菓子《わたがし》だったっけ。

――あぁ、あのまま話が終われば、なんと幸せだったことか。

＊

「レアさん、ここまで付き合わせて本当にごめんなさい」

「……ハンナは悪くねぇだろ」

「それでも、こんな情勢なことが分かっていたのに、外部から人を招き入れたのは事実よ」

宮廷魔導士の任について3年が過ぎたある日、国内でクーデターが勃発《ぼっぱつ》した。民を先導したのは、王位継承権《けいしょうけん》を持つ王子の一人。

数人の腹心と共に籠城《ろうじょう》した王族ら体制派だったが、相手の要求を呑《の》むことで出血を少なく生き延びようと考えた結果、ハンナを生贄《いけにえ》として差し出すことが決まった。

王位継承権の低い娘《むすめ》を一人放り出したところで何の意味が――そんな意見は即座《そくざ》に突《つ》っぱねられた。たかが宮廷魔導士ごときが口を挟《はさ》むな、と。

追い出され、別室から遠見の魔法でクーデターの様子を窺《うかが》っていると、見知った顔を見つけ、思わず舌打ちが出た。

「クソがッ!! 天眼《てんがん》の野郎《やろう》、馬鹿な方につきやがって……！」

「知り合い？」

「顔知ってる程度の傭兵《ようへい》だ。ったく、別に良いだろうがよ、魔族と交流してようが」

「……人族であることに拘《こだわ》りがある彼《かれ》らには、魔王と共に歩むことが耐えられなかったんでしょうね」

ハンナは溜息を漏《も》らす。ここヴァルテル王国には裏の顔があった。それは、とある魔王と密約を結び、魔族から技術や情報提供を受け、かつ領地を侵略しないことを条件に、金銭や食料といった物資を提供するという裏取引だ。

それは数百年前から続いている王家公然の秘密のようなものだったが、クーデターを先導した王子は、裏で魔王と繋がっているのを許せなかったらしい。その情報を誇張《こちょう》して国民に伝え、あっという間に反体制派という一大勢力を作り出した。

更《さら》に面倒なことに、あちらに厄介《やっかい》な奴が雇われてしまった。未来予知能力を持ち、かつ国中に届くともされる広範囲《こうはんい》の千里眼を持つ、人間を捨てたような男――天眼だ。

本人は攻撃魔術《こうげきまじゅつ》の一つも持たぬただの戦士だが、千里眼と未来予知というおおよそ考えられる限り最悪の魔眼を合わせ持つ以上、不意打ちなど通じないし、どれほど遠くまで逃《に》げたところで即座に捕捉《ほそく》される。となると未来が読めても避《さ》けきれないほどの物量で押《お》し切るか、敵対しないくらいしか対策がないような存在である。

舌打ちをすると、ハンナがオレの顔をぎゅっと握って涙《なみだ》を堪《こら》えながら口を開く。

「レアさん。――今ここで、あなたの宮廷魔導士としての雇用契約《こようけいやく》を解除します。これであなたは、王国とは無関係の人間となります」

「……おい」

「私個人に雇われてるだけというのは、あちらの王子もご存知《ぞんじ》でしょう。手土産でも持っていけば、投降を許されるはずです」

「何、考えてんだ」

俯《うつむ》いたまま答えないハンナが、魔力制御を行う。呪いでなく祝福によって魔術に適性のなかったハンナは、オレが宮廷魔導士に任命されて半年ほどで魔法を習得することが出来た。それによって自身の持つ膨大《ぼうだい》な魔力を制御出来るようになったハンナは、小さな詠唱《えいしょう》に乗せ自身の首周りに空間を断絶する魔法を展開し――

「馬鹿がッ!!」

展開された術式を素手《すで》で掴《つか》み粉々に砕き、叫ぶ。

「何考えてんだテメェ!?」

「……母が体制派を宣言した以上、私は遅かれ早かれ死ぬ運命にあります。ならば充分《じゅうぶん》価値のある死に方をするべきでしょう？　唯一の友人である、あなたを失わないために」

「…………」

反論する言葉が、出なかった。ハンナが言ったのは、まごうことなき事実だからだ。

――これは既に負け戦だ。民意はあちら側にあり、こちらは断罪される側である。

反攻《はんこう》に出て、クーデターを先導している王子や武器を持った民衆を殺し尽《つ》くせば王族は助かるかもしれないが、それをしたらどうせこの国は、王国は終わる。

民は国を捨て、王国は国際社会から切り離《はな》されることになるだろう。だからこの戦は、クーデターが成立した時点で負けが確定していた。あとは、どう負けるかの話なのだ。

「天眼を殺せば――」

「出来るの？」

純粋《じゅんすい》な――そして期待と心配が半々の目で見つめられ、一瞬だけ言葉に詰まる。

正直に考えて、どうだろう。天眼と手合わせなどしたことないし、戦う姿を見たこともない。聞いたことのある噂《うわさ》を統合して、どう戦う男なのか、どういう精神性で動く男なのかをゆっくり考えて、答えた。

「……アイツが相手を殺さずに無力化してくるような馬鹿なら、勝てる可能性はある。ただまぁ、本気の殺し合いになったらまず勝てねえな」

天眼は敵には容赦《ようしゃ》ない男だと聞いている。だが、逃げる魔族を追わなかったという噂もあるので、それが奴の甘さであるならば、状況《じょうきょう》によっては勝ち切れる。

魔法を知らない戦士ならば、未来予知の方はどうとでもなる。未来予知というのは特殊《とくしゅ》能力でもなんでもなく、起こりえる未来を計算によって導き出しているだけだからだ。ならばフェイント――魔法構築を途中《とちゅう》で失敗するような動作を繰り返すだけで対処出来る。

「問題は、千里眼《クレアボイヤンス》か……」

「対処方法は、視覚を誤認《ごにん》させる結界を張るか、範囲外《はんいがい》に逃げる――だったかしら」

「あぁ、だが正確な範囲が分からねえ。結界も移動しながら張れるモンじゃねえし、逃げるのはまず無理だろうな」

だが普通に戦えば、空間転移をしようが千里眼を持つ男からは逃げられない。千里眼とは千里を見通す眼――そうなると、まず間違いなく転移術がある。千里眼を持つ男が、転移を覚えようとしないはずがないからだ。噂から計算される奴の移動速度からして、本人か、または近いところに転移持ちが居ることは間違いない。

今この場は結界によって隠《かく》されているから千里眼によって会話を盗《ぬす》み見られることはないはずだが、反体制派の最大戦力である天眼をどうにかできない限り、自分が戦わなくともいつか籠城戦は終わりを迎《むか》える。王族全《すべ》ての虐殺《ぎゃくさつ》を経て、だが。

民衆にとって、王族を筆頭とする体制派は魔王と交流を密にする背教者であり、それを覆《くつがえ》すための情報はこちらにはない。体制派と反体制派の違いは、魔王との接点を是《ぜ》とするか非とするかしかないのだ。

「説得は？」

「不可能だ。アイツは金で動いてるわけじゃねえ」

「……一番面倒《めんどう》なタイプね」

頷《うなず》き返すと、ハンナは小さく溜息を吐《つ》いた。敵が金で雇われているだけならば、それ以上の金を積めば良い。そう考えるのは王族でなくとも当然のことだ。

だが、天眼は信条で雇われる。アイツが体制派——王族を敵であると認識している以上、いくら金を積んでもそこを覆すことは出来ない。むしろ、敵方の傭兵を金で釣《つ》ろうとする悪逆無道な奸賊《かんぞく》と見られてもおかしくはないだろう。

「お父様は私を切り捨てて逃げる気満々だけど、逃げ切れると思う？」

「まぁ、無理だろうな。賊軍《ぞくぐん》が悪の親玉を逃がすかよ」

「……そう、よね」

「ならいっそ――」

「お父様の首を渡《わた》すのは、無しよ。それをしたら、彼らは止まれなくなる。自分たちの手で体制派を打倒《だとう》したという実績がないと、革命を終わらせることが出来なくなるもの」

「………」

流石王族というべきか。まだ10歳《さい》そこら、それも王位継承権が低いことを利用し魔族とも積極的に交流していたような女は、覚悟《かくご》が違う。

――いつか、こうなる日が来ることが分かっていたかのように、震《ふる》える手を押さえつけながらハンナは言うのだ。

「天眼さん、子供には優《やさ》しかったりしないかしら」

「一対一ならどうか知らねえが、民衆が後ろについてる以上、殺すだろうな」

「そう」

言ってみただけとでも言わんばかりにあっさりとした態度で、ハンナは俯いた。

「……楽しかったのになぁ」

無意識に漏らしたハンナの呟きを聞いた瞬間《しゅんかん》、全ての考えが吹《ふ》っ飛んだ。

――あぁ、違った。間違えた。何が、どう負けるか、だ。

こいつは、ただの子供なのだ。子供に思えぬ聡明《そうめい》な思考は、天からの祝福によるもの。だから、だからこそ。大人びた思考を持つから本人の性質もそうなのだと、勝手に思い込《こ》んでいた。

けれど、違う。違ったのだ。こいつは、この子は、砂糖菓子《がし》の甘さに、美しき造形に、不可解な作り方を楽しみ、喜び、それを糧に頑張《がんば》れるような、小さな女の子だ。

「……なぁ、ハンナ」

「何？」

「全てを捨てて、死んでも生きていく覚悟は、あるか？」

「ええ、私を誰だと思ってるの？　この時代に、魔術の使えないあなたを宮廷魔導士に選んだような女よ？」

「ははっ。……違いねえ」

ならば、やることは一つ。

負け方を選ぶんじゃねえ。勝利条件は分かってんだ。あとは、どう納得《なっとく》させるかの問題だった。

立場も、知らねえ。地位も、知らねえ。ただ、これからを生きるためにやることは――

＊

「いらっしゃいませ！」

謎《なぞ》の闖入者《ちんにゅうしゃ》により最悪になった空気をぶち壊《こわ》したのは、食堂の常連である天眼さんだ。

傷の残る顔はちょっと怖いけど、別に怖い人じゃないのを知っている。魔族のお客さんには結構怖がられているようだから、やっぱり魔王を何人も殺したという肩書《かたがき》は、それだけで魔族にとって畏怖《いふ》の対象になるらしい。

「ん？　神槍の。珍《めずら》しいなこんな時間に。夕飯か？」

「いや、昼食だ」

「そうか。……相変わらず忙《いそが》しいんだな」

「正直、勇者やってた時の方が気楽だったよ」

天眼さんは乾《かわ》いた笑いを漏らすと、神槍さんの向かいの席に座《すわ》った。

そこでようやく、店内の異様な空気と、それを生み出しているのがカウンターに座る少々場違《ばちが》いな、見慣れない女の子だと気付いたようだ。

「……ん？」

とはいえ、気になるが気にするほどじゃないと考えたか、いつも通りの注文をすると雑談に移る。どうやら、最近台頭してきた魔族の話のようだ。私も耳を傾《かたむ》けながら注文を通すと、厨房《ちゅうぼう》ではリューさんが難しい顔をしながら何かの魔法《まほう》を使って金属の加工をしていた。あれお料理なの？

とはいえ天眼さんの注文に関しては滞《とどこお》りなく調理を開始しているので、私が口を挟むことではないな、と黙《だま》って厨房を出る。

カロラも他の客の様子が気になるのか時折こちらをちらちらと見ていたが、混ざってくることはないまま足をぶらぶらとさせ、一人カウンター席で待っていた。

しばらくすると、天眼さんの注文した丼《どんぶり》が仕上がるとほぼ同時にリューさんが厨房から出てきた。手には綿のようなものを持っている。

「ん？　天眼じゃねえか。覚えてるか？　これ、ハンナの子の——あー、子孫だよ」
「ハンナ……というと、ヴァルテル王国の第三王女か？」
「覚えてるか？　お前が殺した女のことくらい」
「……あぁ、覚えてるよ」
随分《ずいぶん》と重い話になったなと思ったが、天眼さんの表情はあまり重いものではない。なんというか、呆《あき》れているかのような表情なのだ。

「おい天眼お前――」

「あ、いや、違うんだ確かに殺したが殺してないというか……!?」

神槍さんや他のお客さんに明らかに引かれてる天眼さんは、狼狽《ろうばい》しながら必死に弁解の言葉を探す。リューさんがはははと笑って助けようとしないので、私も釣られて笑ってしまった。いつも落ち着いた様子の天眼さんにしては珍しい反応だ。

「まぁ、これが雲なの？」

「たぶんな。当時作った中で一番それっぽいのはこれだ。道具がねぇから、今作った」

「流石おばさまね！　……ところでこれ、どうやって食べるのかしら？」

リューさんが持ってきた綿のような雲には、長い棒が突き刺《さ》さっている。どう見ても食べ物のフォルムではないが、リューさんが「そのまま齧れ」というので、カロラは信じてかぶりついた。

瞑《つぶ》った目がゆっくりと開かれ、そして――

「甘いわ……」

カロラの小さな声が漏れた。どうやら、綿は砂糖で作られていたようだ。

私も食べたことがない、見たことのないそのお菓子は、一体どこで覚えたものなのだろう。私の知らないリューさんを垣間見《かいまみ》て、少しだけ、寂《さび》しい気持ちになった。

＊

生来の名でなく、ギルドから付けられた天眼という名で呼ばれるようになったのは、今から随分と昔のこと。二つ名に恥《は》じぬ男になれと、まだひよっこだった自分を導いてくれた男は、もうこの世には居ない。

２００年以上生きていれば、良いことだってあれば、悪いことだってある。沢山《たくさん》の人を救い、導くことが出来ただろう。だが、忘れたい、忘れられない過去だってある。

これは汚点《おてん》の一つ。そして、あの女との因縁《いんねん》の始まりでもあった。

一つの国の歴史を終わらせた日のことを、決して忘れることはないだろう。

あれは、今から２００年ほど前。まだ世界蛇《せかいへび》に呪われたばかりの、少々荒《あ》れていた頃《ころ》。

「魔術師《ウィザード》のレア、だと？」

「あぁ。第三王女個人に雇《やと》われてる凄腕《すごうで》の宮廷魔導士だ。冒険者《ぼうけんしゃ》ギルドと魔術師ギルドに登録していることは分かったが、それ以上は調べられなかった。知ってるか？」

その名に聞き覚えはある。共闘《きょうとう》などはしたことはないが、とある魔王《まおう》の軍勢を一人で追い返したという噂があったからだ。

普通、後衛職である魔術師が一人で前線に出ることはない。だが稀《まれ》に、一対一の近距離《きんきょり》戦闘《せんとう》から対多数戦闘も含め全方位にまんべんなく対応出来る凄腕の魔術師がおり、実力を認められて勇者とパーティを組むケースを何例か知っている。

しかし、魔術師レアは完全なソロだ。故に、噂に尾鰭《おひれ》がつき真偽《しんぎ》不明のものが多い。

「名しか知らん。が、弱いということはないだろう」

そもそも、一人で活動出来る人間というのが珍しい。索敵《さくてき》から戦闘まで一人でこなす万《ばん》能職《のう》であろうと、戦闘外のサポーターを必要とする。特に、迷宮《めいきゅう》に何日も潜《もぐ》ることのある冒険者にとっては尚更《なおさら》である。安全地帯などない迷宮に一人で入ると休憩《きゅうけい》すらままならないし、戦利品を持って帰るのも困難になるからだ。

それでも一人を貫《つらぬ》く人間には、確固たる意志と、それを貫くための実力がある。そう確信出来るだけの情報が、魔術師レアにはあった。

「外部から雇われたレアを除けば、体制派に残ってる戦闘員《せんとういん》は騎士《きし》が百人程度だ。そのうち七十名ほどは半日後に寝返《ねがえ》る予定になってる」

「予定だと？」

「あぁ、最初から計画されていた。こちら側についてる騎士を、あえて立場を明かさず王城に入れたままにしているんだ。後は合図をするか時間が来れば、一気に寝返って体制派の騎士や王族を拘束《こうそく》する手はずになっている」

「ふむ……ならば俺《おれ》の役割というのは」

「魔術師レアという不確定要素を、排除《はいじょ》してくれ」

「……了解《りょうかい》した」

これは、明確なクーデターである。しかしこの男は、ここヴァルテル王国の第二王子であり、大義はこちらにあると判断した。

曰《いわ》く、王国は密約により数百年前から魔王と交流していたというのだ。その情報の裏付けも取れたので、反体制派に雇われることを決めたのである。

「しかし、魔王と交流しているからといって――」

「お前は雇《やと》い主《ぬし》に忠言出来る立場なのか？」

「……失礼した」

魔王について、知っていることは少ない。しかし、明確に人族を滅《ほろ》ぼそうとしている魔王が存在している以上、魔族を人族共通の敵として見る者が多いのは当然のこと。

だが、そうでない魔王が居ることにも勘付《かんづ》き始めていた。何せ、魔王は二十人も居るというのに、人族の領地に攻《せ》め入るような魔王は数人しか居ないのだ。

何が目的かは知らんが、普通に考えれば、こぞって襲《おそ》い奪《うば》い尽くすものだろう。なのに、ほとんどの魔王は座して動かない。世界蛇のようなどっちつかずの魔王も居れば、魔族領の中に入らないと噂一つ聞かない魔王だって居る。

魔王とは、存外会話が成立する相手なのかもしれない。――しかし、そのような甘い考えによって呪われた身としては、どちらかと、い、う、と、魔王は敵である。

「魔術師《まじゅつし》か……」

まぁ、切れば終わるだろう。鎧《よろい》に編《あ》み込まれた加護は大抵《たいてい》の攻撃魔術を弾《はじ》くし、いざとなったら魔《ま》封《ふう》じのアミュレットだってある。使うつもりはないが、切り札を持ち出してしまえば魔術師どころか魔王だって殺しきれる自信があった。

生粋《きっすい》の戦士である自分は遠距離《えんきょり》攻撃《こうげき》手段を持たないが、それを言えばあちらだって同じはずだ。完全に防御《ぼうぎょ》を固めた戦士を一撃《いちげき》で落とせるほどの火力がなければ、近づいて切るだけで終わる。それが戦士対魔術師の戦いというもの。

――そう、思っていた。たった一人の魔術師など恐《おそ》れるに足らんと、その日、その瞬間まで思っていたのだ。

吹きすさぶ魔力《まりよく》は、台風の中にでも入ったと錯覚《さつかく》するほど。

魔力酔《まりよくよ》いを起こし、立っていられなくなるほど高密度かつ高圧縮されたただの魔力の波の中、平然とこちらを見下ろす女が居る。

金色の魔力を纏《まと》って空に浮《う》かぶ女——魔術師レア、その人だ。

「テメェが天眼か」

「貴様が、レアか」

膝《ひざ》をつくこちらと、空から見下ろす女。会話は成立する。奴《やつ》は魔王などではなく、正真正銘《しょうしんしょうめい》、人族の魔術師なのだ。ならば殺せる。この状況であっても、そう判断した。

「うぉおおおおッ!!」

レアの魔力波を吸《す》い込み無理矢理《むりやり》身体に馴染《なじ》ませ、身体を起こす。——よし、慣れた。

普段は頼《たよ》りになる未来予知には先程《さきほど》からノイズが走り、未来と現在が重なったように繰り返し映る。戦闘中のコンマ一秒すら惜しいような相手を前に不確定要素を残すわけにはいかないので未来予知を止めると、その瞬間、レアの口角が小さく上がった。どうやら未来予知が機能していないことに気付いたようだ。

「……手品は、これで終わりか？」

「はっ、どうだか」

声が届く距離《きより》。それは、戦士にとっては必殺、大抵の魔術師にとっては脱兎《だっと》のごとく逃げなければいけない距離だ。だが、レアは動かない。――いや、動けないのか。

レアの背後には城門がある。そこを退けば、一刻と待たず本隊が城に押し寄せることだろう。故に奴は、たとえ不利な状況であろうとその場を動くことが出来ないのだ。

――はずだった。突如《とつじょ》姿を消す、その瞬間までは。

「ハァ!!」

なに、たかが消えた程度だ。不可視であろうと転移《てんい》であろうと、たとえ未来予知を攻略《こうりゃく》したからといって、この俺から逃げられるとは思うなよ。

勘だけを頼りに方向に目星をつけ、そちらに顔を向ける前に身体を回す。

身《み》の丈《たけ》ほどに長い大剣《たいけん》を振るうと、魔術師であるにも拘《かか》わらず接近してきたレアの影《かげ》を両断した。

「……ふぅん、思ったより速いな」

が、レアの姿は元いた中空に戻《もど》っていた。なんという転移速度だ。転移魔術《まじゅつ》の詠唱や構築には数秒かかるとされているが、どうやら奴はその法則の外にいるらしい。

「消えて現れてまた消えるまでを、瞬《まばた》きの間にこなすか」

「ん？　速すぎたか？　なんならもっと遅《おそ》くしてやろうか？」

「笑止《しょうし》！」

一歩で跳《と》ぶ。瞬間的《しゅんかんてき》な超加速《ちょうかそく》により空中に浮かぶレアの下まで辿《たど》り着いた俺は、再び大剣を振るった。だが、そこで止めない。魔封じのアミュレットを空いた左手で砕き、周辺の魔力を強制的に遮断《しゃだん》しながら剣を薙《な》ぎ払《はら》った。

その剣は、瞬間転移で逃げようとしていたレアに届く。魔術に自信のある者ほど、突如《とつじょ》魔術が使えなくなった時の動揺《どうよう》を抑《おさ》えることが出来ないものだ。

顔を顰《しか》めるレアが一瞬《いっしゅん》視界に映り、勝ったと確信した瞬間。

——ギィン!!　と、大剣が壁《かべ》にぶつかり止まった。

「は⁉」

レアの眼は、動揺を表していない。奴は今、魔力の制御能力を失ったはずだ。だが平然とした顔で、大剣を受け止めた不可視の障壁越《しょうへきご》しにこちらを見ている。

「ふぅん。魔封じか。たっけぇモン使い潰《つぶ》して、勿体ねぇなぁ？」

「効かんのか……⁉」

「効いてるよ、ほら」

どういう意図か手をぶらぶらとさせたレアは、溜息交《ためいき》じりに距離を取った。反撃《はんげき》する絶好の機会だったはずなのに、奴は反撃せず逃げたのだ。

門扉《もんぴ》にもたれるように下がったレアは、首をコキコキと鳴らし身体の不調を確認《かくにん》している。だが、俺にとっては理解出来ない状況だった。魔封じのアミュレットを使ったというのに、奴がまだ宙に浮いているからだ。

困惑《こんわく》しながら重力に従い落下すると、レアの舌打ちが聞こえた。

どうやら、魔封じのアミュレットが不発だったわけではなく、有効ではあったらしい。ならば、分からないことがあってもこのまま時間を稼《かせ》がせるわけにはいかんと判断する。魔封じには時間制限があるのだ。

「そこを、動くな……ッ！」

「やなこった」

再び跳躍《ちょうやく》し、門扉ごと叩《たた》き切る勢いで大剣を振り払うと、レアは身体を捻《ひね》って回避《かいひ》しようとした。間合いが見えている、つまり近接戦闘に慣れているという証でもある。

だが、この大剣はただデカいだけの剣ではない。

「――『解放《リリース》』！」

小さく呟《つぶや》くと、大剣が肥大化する。切り払いの動作を止めることなく全長を元の倍ほどまで伸《の》ばした大剣は、回避しようとしたレアの身を切り裂《さ》いた。

音と同時に、ずしりと衝撃《しょうげき》が伝わる。間合いを見極《みきわ》め損《そこ》ねたレアの右腕《みぎうで》が、門扉の破片《はへん》ごと宙を舞《ま》った。

「取った……ッ！」

「……っし、終わった」

切られ飛んで行った自分の腕に目もくれないレアの声を、耳が拾う。だが、残された腕に向けて切り上げた大剣が、レアの左腕を――

奪った。両腕《りょううで》を肩《かた》から失ったレアは、しかし怯《ひる》むことも、痛みに顔を顰めることなく、その双眸《そうぼう》でこちらを見ていた。

それは、実験動物を観察するかの如く、世界蛇がこちらを見る時のような眼で――

「その眼で、俺を！　見るなァッ!!」

空駆《そらが》けの加護を持つ脚甲《きゃくこう》が架空《かくう》の足場を生み出すと、即座に踏《ふ》み込み剣を振るう。今度はその瞳《ひとみ》に向け、家ほどに肥大化した大剣が、大気を切り裂きながらレアに向かった。

――届いた。そう確信するタイミングだった。

「何故《なぜ》だ⁉」

確実に瞳を、門扉ごと両断したはずだった大剣は、するり、、、とレアをすり抜《ぬ》けた。

「言ったろ。終わったって」

レアの指先は、俺の剣を指している。——見ると、先端《せんたん》からどろりと融解し、刃《やいば》の半分ほどを失った大剣がそこにある。奴に触れる寸前で溶かされたのだ。

「な……っ⁉」

「ナマクラ使ってんなぁ」

「ナマクラ⁉　アダマンタイト製の大剣だぞ⁉」

「素材名まで暴露《ばくろ》してくれてありがとさん。じゃ、返すわ」

かつて大剣であった液体がレアの周囲に集まると、数本の刃となって襲い掛《か》かる。

架空の足場を蹴《け》り着地し、飛翔《ひしょう》する刃を手甲《てっこう》で弾き、鎧で受け、残った剣で払い、手の平で掴み、なんとか全ての刃をいなした俺を、余裕《よゆう》の表情を崩《くず》さぬまま見下ろす女。

「化け物が……ッ！」

これは使いたくなかった。魔王を殺すその瞬間まで、取っておくつもりだったからだ。

もう剣として機能しないアダマンタイトの塊《かたまり》を放り投げ、空いた拳《こぶし》を強く握《にぎ》り念じた。

まるで最初からそこにあったかのように自然に手の中に現れた小ぶりの長剣《ちょうけん》は、魔力を流すと次第に長さを変え、太く厚くなっていく。

持ち主によってその姿を変える性質を持つものが、聖剣《せいけん》と呼ばれるものだ。

光《ひか》り輝《かがや》く剣の名はレガリア。刃に刻まれた属性は絶対切断《セクティオ》。万物全《ばんぶつすべ》てを切り払う、異界の力を内包する無限の刃。

「ブレソール・ベーグの名の下に、聖剣レガリアの封印《ふういん》を解除する！」

口頭認証《にんしょう》により聖剣の権能を解放し、切っ先をレアに向ける。

「……そっちが本命か」

「世界蛇を殺すまで使いたくなかったんだがな、そうは言ってられんだろう……ッ！」

俺が殺すべき、殺さなければならない魔王の名は、点綴《てんてい》イラム。万物全てを見通す千里眼を持ち、世界蛇と呼称《こしょう》される邪眼《じゃがん》の魔王。奴は自身の能力を他人に貸《か》し与《あた》え、その者がどのような人生を歩むのか、迷宮の奥底《おくそこ》から覗《のぞ》いている。

千里眼の範囲から逃《のが》れた異界、エルフの隠《かく》れ里《ざと》で入手した聖剣レガリアを、世界蛇の視《み》えるところで使うつもりはなかった。しかし、そうは言っていられない状況だ。

魔封じは効かず、愛剣も失った。他の攻撃《こうげき》手段ではレアに傷一つ付けることは出来ないだろう。両腕を失って尚《なお》、奴の双眸は一切《いっさい》の焦《あせ》りを映さない。

「参るッ！」

届かぬ刃を、大きく振《ふ》るう。ズンと魔力が吸い取られ身体の重さに抗《あらが》うよう、叫《さけ》ぶ。

「持っていけ、レガリア……ッ‼」

持ち主の魔力を吸い、距離や硬度《こうど》という概念《がいねん》を無視し万物《ばんぶつ》を切断する権能を持つ聖剣。

――空気を、塵《ちり》を、外壁《がいへき》を、城壁《じょうへき》を、城そのものを、視界に入る一切合切《いっさいがっさい》まとめて切断しながら、その刃はレアに届く。


「『其《そ》れは、遥《はる》か無限の空向かい』」

剣を振るう、ほんの僅《わず》かな一瞬の出来事だったはずだ。

瞬きの間に数度振り抜けるほど、常人には知覚出来ない速度だったはずだ。

しかし、レアの声が耳に響《ひび》く。声など聞こえぬはずの時間の中、確かにその声が世界の常識を書き換《か》えていく。

「『其れは、遥か無限の縁《えにし》から』」

その時俺は、確かに時間が止まったかのように感じた。

――錯覚だ。そんなはずはない。ただ、死線を掻《か》い潜《くぐ》ったことのある者にしか分からぬ、時を超越《ちょうえつ》した知覚を得ただけのこと。

ほんの一瞬の時間を、無限に感じているだけの――はずだった。

「『其れは、遥か無間《むげん》の地へ向かい』」

いつまで経《た》っても剣が振り終わらぬ。いつまで経ってもレアを切れぬ。

存在しない時の中、ただ声を聴《き》き続けていた。

「『其れは、遥か無限の時へ往《ゆ》く』」

パチンと指を鳴らす音が聞こえた。見えない糸で繋《つな》がってでもいたかのように、落ちたレアの左腕がひとりでに動き、指を鳴らしたのだ。

そうして、ようやく聖剣を振り抜いた俺は、見てはならぬものを見てしまった。


あぁ、挑《いど》んではならぬ相手が居た。

決して、逆らってはならぬ存在が居た。

――しかし俺は、それでも運命に抗い続けて生きてきたのだ。


「化け物か……」

そこに居たのは、両腕を失ったレアだ。

腕どころか、肉体そのものを概念から両断する絶対切断《セクティオ》の権能を持つ聖剣が、塵一つとして切れなかった。

確かに切ったはずの全《すべ》てが、そこには何事もなかったかのように佇《たたず》んでいる。レガリアは、空気の波を割っただけで終わったのだ。

「権能は切断、銘《めい》は……エデュラス？　なんだこれ、ババァの親戚《しんせき》か何かか？　エルフの名前分かりづれえんだよ」

「何故、それを……」

エデュラスを名乗るエルフから、この聖剣を授《さず》けられた。しかしそれは、ここととは異なる異界での出来事だ。この世界の人間には、決して知覚出来ぬ世界のはず。

それを知るのは、その場に居たものだけのはず――

「貴様、まさか……⁉」

「何言いたいかは分かるが、残念だが大外れだ。オレはただの人族だよ。元は、な」

「ただの人族が、レガリアを止められるものか！」

「止めてねえよ。切っただろ無限を。なんならテメェの魔力がどれだけ続くか、根競《こんくら》べでもしてやろうか？」

「…………」

根競べ。レアはそう言った。つまり、お互《たが》いの魔力のどちらが先に切れるかという話だ。先の斬撃を無効化した魔術は永久に続くわけではなく、何かしらのトリックがあるということだ。それを解明するか、魔力が切れれば終わる。

ならばするか？　レアの言う通り、根競べを。

「……断る」

「ふぅん？」

レガリアへの魔力供給を遮断し、剣を異界に収納する。必殺の剣を無為《むい》に使ってしまったことに、後悔《こうかい》がないと言えば嘘《うそ》になる。だが、確かに必然であったはずだ。

「テメェに敗因《ミス》があるとしたら、腕じゃなくて首を落とすべきだった――ってとこか」

「……血も、流れんか」

「変わった身体になってってね。お前も、似たようなもんだろ」

両腕を切られて尚、血の一滴《てき》すら流れぬレアの身体がまともでないことには気付いたが、どうやら首を落とせば死んだらしい。眼前に浮かぶレアは、エルフの秘薬によって無限の寿命《じゅみょう》を得た俺のように、この世界の常識とはかけ離れた存在であろう。

これまで手傷を負わせた者が居なければ、それが噂になることもなかったのだ。

「一つ、聞く」

緊張《きんちょう》を解くと、全身を脱力感《だつりょくかん》が襲う。レガリアへ渡した魔力と、たった数分の戦闘で数十時間分の思考力を引き出された脳が、今すぐ休めと警鐘《けいしょう》を鳴らす。だが、こんな程度で倒《たお》れるわけにはいかぬ。決して歩みを止めぬと、あの日あの時誓《ちか》ったからだ。

しかし、今までのやり取りと、先の問い掛けで気付いたことがある。それを確認するまでは戦うべきではないと判断した。

「貴様の主は悪人か。それとも善人か」

「善人だよ、生粋のな」

「ならば、そうか。そうなのだな」

この女は、そう、最初からそうだった。

「――貴様ははじめから、勝つつもりなどなかったのだな」

そうだ、この魔術師は、攻撃《こうげき》が出来ないわけがない。レガリアの権能を理解しそれに呼応する魔術《まじゅつ》が使えて尚、どのような状況であっても反撃こそすれど、即座《そくざ》に攻撃をしてこなかった。攻撃魔術でなく、声を投げかけて来たのだ。

つまり、こちらの被害《ひがい》を最小限に抑えようとしている。それはどういうことを示すか。

――そう、負け方を探していたのだ。

「当たり前だろ。どう考えても負け戦だ。――こっちの条件は一つ、首で済ませろ」

「首？　誰《だれ》のだ？」

「オレの雇い主の、だ」

レアがそう言うと、城門が開かれる。そこに居たのは、数人の騎士に身柄《みがら》を拘束された、10歳前後の少女の姿。

「卑怯《ひきよう》な……ッ‼」

騎士の素性《すじよう》は知らぬ。しかし、王城の中にもクーデターに賛同する者が大勢居ることは知らされていた。騎士は、その中の誰かであろう。

この女は、最初から人質《ひとじち》を取られて戦っていたということだ。

「首は渡す。本人確認したいならそっちで好きに調べろ。ただ、身体は返してもらう」

「……何故だ」

問い掛けると、ハァと溜息を返された。

「分かれよ、埋《う》めんだよ。……何もないまま墓作るんじゃ、可哀想《かわいそう》だろうが」

溜息交じりにそう返すレアから顔を逸《そ》らし、少女を見る。

涙《なみだ》を流し疲《つか》れたのか、ぐったりとした様子だ。目は赤く腫《は》れ、憔悴《しょうすい》しきっているのが一目で分かる。

――当然だ。王族とはいえあの歳の少女が、信じていた騎士に裏切られ、死地に赴《おもむ》く恩人を止められず、正気を保てるはずがないだろう。

「あぁ、分かった。……身体は返すと、約束する」

レアは、雇い主を守るつもりで戦っていたのではなかった。状況からして、生存を願うことなど到底《とうてい》不可能であるからだ。

奴は負け戦だと分かった上で、譲歩を引き出すためにこの俺と戦っていたのだ。

もしも最初から「雇い主が拘束されてるからお前と戦えない」なんて言われたら、俺は信じただろうか？　――否。言い訳だと突《つ》っ跳《ぱ》ねたに違《ちが》いない。

だが、クーデターに加わった民衆を一人で殺し尽《つ》くせるほどの力を持つであろう者が、戦えぬことをその身で証明した。もしもこのまま戦い続ければどうなるか理解させた上で、奴はこの交渉《こうしょう》に挑んだのだ。

レアにとってこの戦闘は、最初から勝ち負けを競《きそ》うものではなかった。

殺さずに勝とうとして、腕を落としてしまえば戦意も喪失《そうしつ》するだろうと甘《あま》く見ていた俺が勝てるような相手ではなかったのだ。

奴に勝つためには、最初から殺しにいかないといけなかった。己《おのれ》の手で、首を落とさなければいけなかったのだ。――まぁ、全ては後の祭りだが。

「その手を離《はな》せ」

拘束していた騎士に近づき、睨《にら》む。騎士は怯み拘束を解いたが、少女は逃《に》げ出さない。

逃げても無意味だと、分かっているからだ。己のために戦ってくれたレアに恥じない最《さい》期《ご》を、覚悟を見せている。たった十かそこらの少女がだ。

「残す言葉は、あるか」

「…………出来るだけ、綺麗《きれい》に切って下さいね」

精一杯《せいいっぱい》の笑顔《えがお》でそう言った少女の顔を、俺は直視出来なかった。

誠意に報《むく》いるため、レガリアの絶対切断《セクティオ》を使って、少女の首を落とした。

それから、レアという最後の防波堤《ぼうはてい》を失った王城は、ものの数時間で陥落《かんらく》する。

そして、その後は――

*

「まさか首を複製して繋げ直すとは思わんだろ普通《ふつう》……」

「アァ？　騙《だま》されたお前が悪い」

レア――でなく魔竜《まりゅう》に睨まれる。

あの時殺した少女によく似た子が綿菓子《わたがし》を食べるところを横目に見ながら、魔竜はカウンターに座る。ところで、お前がそこに座っていたら誰が飯を作るんだ？　料理待ちの客が見るからに困惑してるぞ。

あの日、ヴァルテル王国の王族は反体制派の王子一人を残して皆殺《みなごろ》しにされた。

唯一《ゆいいつ》残された王族、クーデターを先導した王子が国を再建しようと奮戦していたところ、一人の少女が現れる。少女は生涯《しょうがい》を終えるその日まで名を明かさなかったが、王子にはそれが誰か、最初から分かっていたという。

後に、王国と密約を結んでいた古代の魔王を打ち倒した王子と一人の少女は、国主となり王国の跡地《あとち》に新たな国を興《おこ》す。

その国は、魔導国家アシェルを名乗った。現代魔術と古代魔法によって、隣接《りんせつ》する魔族領からの侵略《しんりゃく》を防ぎ続け、後に大都市ボディルを作り上げ、繁栄《はんえい》していった。

「それで、どうなったんですか？」

「あぁ、それから100年は経ってからだったか。とある魔王と戦う時に魔竜と共闘することがあってな。俺はクーデターの時に魔竜の雇い主を殺していたから、奴に恨《うら》まれてるとばかり思っていたんだが……」

「生きてたんですね」

「あぁ。だから何も気にしてないと言われた時は心臓が止まるかと思ったぞ。俺がそれまでどれほど思《おも》い悩《なや》んでいたか……」

正直、三日三晩どころか数年間夢に見るほどであった。

確かに、人を殺したことは数えきれないほどある。だが、無実である少女を、物事の解決のためだけに殺したのは、あれが最初で最後であった。

あれから依頼《いらい》を受ける際には、一方から見た正当性だけでなく、双方《そうほう》の意見を聞くことにしたのだが、それを声高《こわだか》に語るつもりはない。驕《おご》りが招いた結果であるからだ。

「千里眼持ってんだから言わないでも分かってると思ってたんだよ。まさかその後すぐ自分で眼潰してるとは思わねーだろ普通」

「………いやそれは確かにそうなんだが」

溜息交じりに魔竜が言うと、ぐうの音も出ない。

世界蛇の千里眼は空間も距離も全《すべ》てを超越するとばかり思われていたが、違ったのだ。実際には、自身が千里眼を分け与えた者の瞳を通して世界を覗き見ていた。ただ与えるだけでなく、駒《こま》として利用をしていたのだ。

つまり、一人減るだけで一人分の世界が見えなくなる。それを知った俺は、自身の眼を焼き潰した。それにより視力に加えいくつかの魔眼を失ったが、構わない。結果的に奴を撃《う》ち滅ぼせたのだから、トータルではプラスだ。

「ん？　そのレガリアって剣はどこにやったんだ？　使ってるところを見たこともないが」

黙って話を聞きながらも食事を終えた神槍が、首を傾《かし》げて聞いてくる。

「ん？　還《かえ》したぞ？」

「………そうか」

世界蛇を殺し役目を終えたレガリアは、異界に返した。もう二度と握ることはないだろうが、惜《お》しくはない。

神槍は大きな溜息を吐《つ》き、「聖剣が何本現存してると……」なんて呟いているが、無視しておいた。仮にあってもお前は剣を握らんだろう。

「ハンナに似てるだろ？」

「あぁ。……似すぎてる」

夢中で綿菓子を食べ続けていたカウンターの少女が、最後に串《くし》に残った綿を舐《な》めるとこちらに振り向き、「ベー」と舌を出してきた。

それを見た神槍は吹《ふ》き出すと、俯《うつむ》き震《ふる》えだした。魔竜もけらけら笑っているが、俺としては人族の少女に嫌《きら》われるのは少々堪《こた》えるのだが……。

「明確に天眼のこと嫌ってる人族、たぶんハンナの子孫くらいだろうな」

「………いや、笑ってないでなんとかしてくれ」

「嫌《や》だね」

ばっさりと切られる。いやだって、どう考えても俺からは弁解出来ない状況《じょうきょう》だ。

魔竜が何もしなかったら本当に死んでいたはずだし、間違《まちが》いなく俺が殺した。それも、状況を終わらせるためだけに殺してしまった。その事実は変えようがない。

「はぁ…………」

溜息を漏《も》らし、少々冷めてしまった親子丼《おやこどん》をかっ込《こ》むと、胃が膨《ふく》れて少しは気が紛《まぎ》れた。

おかわりを注文すると、少女と目が合わないように俯いた。

＊

それから、カロラは度々《たびたび》食堂を訪《おとず》れるようになった。

不遜《ふそん》な態度は変わらなかったけど、少しずつ他の常連さんとも話すようになっていったのは、彼女《かのじょ》なりに気を遣《つか》うことを覚えたからだろうか。

料理を注文することはなく、リューさんが作った砂糖菓子《がし》だけを食べ続けていたが、いつの間にか私にとっても日常の一部になっていた。ボディルに店を開けると、どこからともなく聞きつけたカロラがやってくるからだ。

砂糖菓子だけでなく、ミャーさんのことも気に入ったらしい。よく撫《な》でようと店内を追いかけまわしているが、他のお客さんの迷惑《めいわく》にならない時間なので私も注意はしなかった。

カロラが来るたび、私の知らないリューさんが見えてくる。

最初は少しだけ妬《ねた》ましいと感じたけれど、それでもやっぱりリューさんだ。本質が違うわけではなく、気に入った相手には心を許しているだけなのだ。

誰だって、仲の良さで態度を変えることはある。接客中は問題かもしれないが、リューさんは基本的に厨房《ちゅうぼう》から出ないので接客態度を気にする必要はない。


ある日のことだ。私に対しても使用人くらいには態度を改めてくれたカロラが、砂糖で作られたクッキーのようなものを齧《かじ》ると、私に声を掛けてきた。

「そういえばあなた、レスタンクールに行きたがってるって聞いたけど、ホント？」

「はい。でも……」

「審査《しんさ》通らないいんでしょう？」

「……そうなんです」

魔族領レスタンクール自体はかなり広く、ほとんどの領地は元の自治権を残している普通の街だが、首都だけは別だ。あそこは街そのものが魔王レスタンクールの迷宮で作られており、無許可では街に入ることが出来ないらしい。

商人や観光目的であれば事前審査を通し、その後に日数などを申請《しんせい》すれば良いらしいのだが、先日審査に送った書類は不適合で弾かれてしまった。

何がいけなかったんだろうか。やっぱり私とかリューさんの素性とかお店の場所をぼかしまくったからだろうか。

「あなたとおばさまの分は、ボディル《ウィチ》から申請をしておくわ。国交あるし、ボディル《ウィチ》で食堂を経営している二人ってことにすれば通ると思うわよ」

「えっ、ありがとうございます！　……案外優《やさ》しいんですね」

「おばさまの頼《たの》みよ！　あなたのためを思ってじゃないんだからね！」

「えー、そうなんですかー？」

ミヤーさんをぎゅっと抱《だ》きしめながら言われると、あまり説得力がない。

ミヤーさんがこっそり腕の中から砂糖菓子に手を伸ばそうとし――バレた。

「にゃんにゃんちゃんはお砂糖は駄目《だめ》ですよー。こっちあげますからねー」

どこからともなくカロラが取り出した小魚の干物《ひもの》をちらつかされ、ミヤーさんの視線は砂糖菓子と小魚を交互《こうご》に泳ぐ。結局、諦《あきら》めて小魚の方を食べることにしたようだ。

数日後、審査が通ったと書類が返ってきた。今度はそこに日数を書いて返送し、許可証が送られてくるのを待つだけだ。

私が申請したら弾かれたのに、国の力ってやっぱすごい。流石《さすが》、お姫様《ひめさま》だね。

でも、私の素性もリューさんの素性もお店の場所も、本当のことを書いた方が嘘っぽくなるんだから、適当に書くのは仕方ないじゃない。

先輩の迷宮

これまで行った中で一番立派な街は、魔導都市ボディルだった。

あそこは普通の建築では不可能な作り方——魔術を使って家を建てていたので、一本の支柱で立ってる不思議な家とか、どうして自立出来るのか分からないやけに縦に長いお屋《や》敷《しき》、しまいにはお城なんてちょっと浮いていたけれど、この街の作りは、それとはまったく違う方向性だ。

「うわぁ……」

ほとんどの建物が同じ形で、しかし色は少しずつ違う。そうやって等間隔《とうかんかく》に同じ形の建物が並んでいる光景は、どこでも見られるものではない。

建物の形が同じでも、看板や装飾《そうしょく》でどのような店なのか外からでも分かるようになっていた。店側の工夫《くふう》なのだろう。

街に入ってすぐの玄関口《げんかんぐち》は、一番街と呼ばれる区画らしい。その全てが商業区画で、主に観光客向けのお店が多いようだ。

「変なの……」

私がそう呟くと、リューさんが小さく笑う。私の足元を歩いているミャーさんも「ミャーもそう思う」なんて言うものだから、これは私が世間知らずなわけではなく、この街の作りが変なのだ。

ここは第四階位魔王《まおう》、暗々裏《あんあんり》レスタンクールの領地、首都レスタンクール。街を丸ごと迷宮によって作られている、まさに迷宮都市。

どこぞの国のように魔法《まほう》で違法《いほう》入国したわけではなく、順当に入国審査を抜けて入ることが出来たのは、正真正銘のお姫様、カロラのお陰《かげ》である。

「これ、どうして同じ形にしてるのかな？」

「リソース節約だろ。一軒《けん》一軒設計するより同じ形で作った方が楽だし、ほっとくとクロエみたいに真四角の箱建てる奴も居るからな。それよかこっちのがマシだ」

「その話は今は良いでしょ⁉」

抗議《こうぎ》しようと振り返ると笑われた。箱って何よ！　あれでも家のつもりなんだけど！

リューさんの言う通り、迷宮機能を使った建築は、時間はかかるしイメージを整えるのが難しい。建築知識があれば別かもしれないが、家は四角いもの――くらいの認識《にんしき》しかしていない私にやらせると、殺風景な迷宮内にぽつんと宿の一室のように真四角の建物を作るので精一杯だった。

　とはいえ、一度建物の外観や部屋の内装などパターンを決めてしまえば、それを量産することは出来る。第四さんはそれをやっているのだ。あとはその家に住みたい人、商売をやりたい人を探せば良いという話になり、なるほど効率的だと頷《うなず》いた。

「ミャーさんはこの街に来たことあったんだっけ？」

　問い掛けてから思い出したが、そういえば、入国審査の書類にミャーさんのことは書いていなかった。人間しか書く欄《らん》がなかったし、たぶん猫《ねこ》のまま入るから要《い》らないよなぁとは思っていたのだ。

　それに、代わりに書類を出してくれたカロラの前で人化――元の姿に戻ったことはなかったはずなので、ミャーさんのことを喋《しゃべ》る猫と思っているはず。

「あるよー。まぁ結構前だから、こんな感じじゃなかったと思うけど」

「へぇー……、ここの魔王さんはミャーさんより先輩なんだよね」

「そうね。ちょっと――１００年か２００年くらいだったと思うけど」

「それ、ちょっとなんだ……」

　でもリューさんの言う「ちょっと前」が３００年前のことだったりするし、長生きするとそのへんの感覚は狂《くる》うものなんだろうな。私は……寝《ね》てただけだから……。

受付で分かれたミャーさんと街の中で合流してからは普通に喋ってるが、通りがかる人々は、喋る猫や人化したところを見てもそこまで驚《おどろ》いている様子はない。

食堂で働いてる時は人族魔族《まぞく》関係なくミャーさんが喋るだけで驚くお客さんは多いものだけど、この街では少し違うようだ。

「なんかミャーさん、たまに頭下げられてない？」

時折、こちらを見た人がぺこりと頭を下げてくる。通行人に会釈《えしゃく》をしているだけかと思えば、視線は私やリューさんよりも低く、ほとんど地面を見ているように思える。

「魔王ってバレてんだろ」

「え⁉」

リューさんが突《つ》っ込んだら、ミャーさんも「たぶん？」と返す。

私はミャーさんを見ても魔族ってことすら分からないのに、この街に住む人達《たち》はミャーさんが何者か分かるんだ。凄《すご》いなぁ。

ミャーさんはしばらく魔王として活動してないみたいだし、迷宮への侵入者《しんにゅうしゃ》は私の見えないところで処理されちゃうので、私はミャーさんがどのくらい凄いのか、雇《やと》い主《ぬし》でありながら実はよく分かっていないのだ。

「ミャーさん、凄いんだねぇ」

「ふふん」

あ、ちょっと嬉《うれ》しそう。鉤尻尾《かぎしっぽ》がいつもより上がってるし、ふりふりと横に振っている。心なしか表情も緩《ゆる》んでるようだ。

食堂のお客さんの中でミャーさんが魔王と知っているのは数人だと思うけれど、魔族領に繋ぐ時によく人化していることが多かったのは、猫のまま喋ると魔王と勘付《かんづ》く人が居るからなんだと今更《いまさら》気付いた。

あれ、でもミャーさんを見て魔王だって分かる人が居るのだとしたら、入国審査も受けず受付を素通《すどお》りしちゃったのは、やっぱりちょっと問題だったのかも。

街に入ってからというものの、ミャーさんは食べたいものがあったら人化し、その姿を色んな人に見られている。私達三人の関係を知っている人が居ない限りは気付かれない可能性もあるが、考えてみると不正は不正だ。二人とも全く気にしてないようだけど。

「気付かれてんなら、問題ないと思うが」

「どういうこと?」

私の心配していることを察したのか、リューさんが周囲に視線をやってから呆《あき》れ気味《ぎみ》に答える。

「魔王相手にドンパチ始めるような馬鹿《ばか》、そうそう居ねえだろ」

「あー……、それもそっか」

確かに、言われてみるとそうだ。ミャーさんが魔王かつ不法入国ということに気付いた人が居たとしても、それを指摘《してき》する勇気がある人は居るのだろうか、という話。

それこそ街を守る立場の人は別かもしれないが、魔王相手に命懸《いのちが》けで戦う覚悟《かくご》を決めてる人が、普段《ふだん》から街をぶらついてるとも思えない。

街に入ってからの反応を思い返してみると、ミャーさんに気付いた人は皆驚《みなおどろ》いたり逃げたりするのではなく、敬意を払《はら》う態度で頭を下げていた。この街において魔王とはそういう存在で、きっとそこまで珍《めずら》しくもないのだ。

「攻《せ》めてきたわけじゃないんなら、放置されると思うよ？　いつもそうだし」

「……なら、大丈夫《だいじょうぶ》かな」

ミャーさんもそう言うなら、ひとまず心配はしないで観光を楽しもう。

それからしばらくショッピングを楽しんでいると、不思議な香《かお》りが漂《ただよ》ってきたのでそちらに目を向ける。他の建物と同じ形をしているので匂《にお》いの元が確実にあそこ、と分かったわけではないが、一つ気になるお店があった。

「あれ、お菓子屋《かしや》さん？　……焦《こ》がしちゃったのかな」

看板にはカップにクッキーが入った絵が描《えが》かれており、飲食店であることは間違いなさそうだ。しかし、甘い香りの中に焦げたような、苦い香りが混ざっている。

お料理やお菓子を試作する時に焦がしちゃったことは度々あるけれど、これはその時とは違った匂いに感じるのだ。

「コーヒーか。珍《めずら》しいな」

「コーヒー？」

聞き覚えのない単語を口にしたリューさんに、疑問を返す。

「なんか、苦い粉を煮出《にだ》して砂糖だばだば入れて飲むヤツだ」

「…………聞いた感じは全然美味しそうじゃないんだけど」

「昔同部屋だった奴《やつ》が好きで、よく自分で作って飲んでた。昔はもう少し店あった気もするが、そういや最近は全然見てねえな」

リューさんは懐《なつ》かしそうだが、私にはイメージが全然湧《わ》かない。窓から店内を見てもよく分からないし、この疑問をそのまま残して街歩きするのはちょっと嫌だな。

「なんか気になるし、入ってみても良い？　お菓子とかもありそうだよ」

振り返って聞くと、リューさんには頷かれ、ミャーさんは少々嫌そうな表情になったが、私の腕に飛び乗ってきたので抱き上げた。店内では猫で通すつもりのようだ。焦げた香りはお気《き》に召《め》さなかったみたい。

お店の扉《とびら》を開けると、チリンチリンと軽い鈴《すず》の音が鳴る。店内は少々賑《にぎ》わっており、若い女性客が多いようだ。

「いらっしゃい。二人と……飼《か》い猫《ねこ》かい？」

「はい。駄目なら諦めますが……」

「走り回らないんなら大丈夫さ。じゃ、そこの席を使っておくれ。猫ちゃんは席でも膝《ひざ》でもどちらでも構わないよ」

恰幅《かっぷく》の良い女性店員に案内された窓際《まどぎわ》の席について、メニューを開く前に店内に視線を向ける。ほとんどのテーブルには黒や茶色の液体が入ったカップが置かれており、恐《おそ》らくあれが焦げた香りの発生源――コーヒーであろう。

他には焼き菓子を注文している人が多いようで、クッキーのような軽いものからケーキのようなしっかりとしたお菓子まで、色々と取り揃《そろ》えているようだ。

「嬢《じょう》ちゃん達は、観光かな？」

先の店員さんがやってくると、お水と一緒《いっしょ》に、クッキーが数枚入ったバスケットが置かれる。注文してないよねと同意を求めリューさんを見ると、頷かれた。

「そうなんです。えっと、このお菓子は？」

「サービスだよ。気に入ったもんがあれば追加で注文しておくれ。ちなみにあたしのオススメは、このゴマが入ったのとコーヒー豆が入ったのだね」

「コーヒー……お菓子にも使うんですね」

「そうだよ。コーヒーは初めてかい？」

「はい。やっぱり苦いんですか？」

聞いておいてなんだが、別に私は苦いものが苦手というわけではない。生まれ故郷の村では苦みもえぐみも強い虫を塩茹《しおゆ》でしただけのものであったり、品種改良されてないような野菜や野草を食べていたので、苦みには慣れてしまっているのだ。

「そうだねぇ、そのまま飲むと苦いけど、砂糖やミルクを入れれば随分《ずいぶん》飲みやすくなるよ。慣れるとそのまま飲めるようになるんだけどねぇ……」

少し残念そうな顔をして言われると、この人はそのまま《ストレート》で飲むのが好きなんだな、というのが伝わってくる。自分が好きなのと、万人《ばんにん》に好かれるものが違うというのは確かに残念だ。私だって自分が好きだから作ったのに試作段階でリューさんに止められた料理がいくつもあるし、気持ちはすっごく分かるよ。

「……あの変な鍋《なべ》は使わないんだな」

オープンキッチンで何かを作っている男性を眺《なが》めていたリューさんの呟《つぶや》きが聞こえたか、店員さんが「ん？」とリューさんの方を見る。

「変な鍋って、ひょっとしてジャズベのことかい？」

「名前は知らねえけど、カップくらいの大きさで、真鍮《しんちゆう》製だったのは覚えてる」

「それならやっぱりジャズベだね。……一応あたしも知識としては知ってるけど、あんなの使ってコーヒー淹《い》れてたのなんて、１０００年以上も前だろう？　使ってる店を見たことはないねぇ」

「…………そうか。もうねえのか、あれ」

少しだけ寂《さび》しそうな顔でリューさんが言ったが、店員さんは首を傾げる。まぁいきなり１０００年前に廃《すた》れたものの話をされたら、誰でもそんな反応になるだろう。

「うちは開業からずっとドリップ式さ。この街はサイフォン式とかプレス式の店が多くて、技術がモノ言うドリップ式一本の店は少ないんだよ」

キッチンで作業しているのは旦那《だんな》さんなのか、店員さんはそちらを見て嬉しそうな顔で言った。専門用語が多いけど、いろんな作り方があることは伝わった。

「私はコーヒーを……銘柄《めいがら》見ても分からないんで、おまかせしても良いですか？　苦いのは苦手じゃないです。ミャーさんは……流石に要らないか」

一応膝の上で丸まっているミャーさんに確認《かくにん》してみたが、視線を下ろした瞬間《しゅんかん》に首を振《ふ》られた。ただ視線はサービスで貰《もら》ったクッキーから一切《いっさい》動いていない。欲《ほ》しいんだね、ちょっと待っててね。

「オレはこの、……ブノワ種ってのは、アズナブールのブノワか？」

「そうだよ？　アズナブールなんて昔の地名、よく知ってるね。その格好、冒険者《ぼうけんしゃ》かなんかかと思ったけど、ひょっとしたら学者さんかい？」

「……じゃあそれを。あと学者じゃなくて研究者だ」

私は何が違うか分からないけど、リューさんにとっては大事なポイントらしい。店員さんも一瞬《いっしゅん》疑問を浮《う》かべたが、まぁ気にするほどじゃないかと頷く。

「はい。じゃあ、嬢ちゃんのはこっちで選ばせてもらうね。すぐに淹れるから、猫ちゃんとクッキー食べて待っててておくれよ」

ミャーさんがずっとクッキーを食べたそうにしているのに気付いていたのか、店員さんは笑いながらそう言うと、キッチンへ向かっていった。

「リューさん、さっきのアズナブールってどこのこと？」

「あー、オレの故郷っつーか、勇者のパーティに任命した国だな。ブノワはそこの首都だ」

「へぇ……あ、じゃあそこももうなくなってるんだ」

私が軽い口調で言うと、クッキーを食べようとしていたミャーさんの動きがピタリと止まる。リューさんが怒《おこ》ると思ったのかな？

「私と一緒だね」

「……まぁな」

私だって故郷なくなってるし、何百年何千年と生きるとそういうこともある。

人族の国なんてずっと残ってるとこの方が珍しい。魔王に侵略されて滅《ほろ》びてなくても、統廃合《とうはいごう》とかで地図から名前が消えたりしているものなのだ。

クッキーに手を伸《の》ばすと、ミャーさんが視線だけで「それ欲しい」と言ってきたので、一つ渡《わた》して自分も食べる。

「ゴマ……こんな使うんだ」

偶然《ぐうぜん》手に取ったのは、店員さんのオススメしてきたゴマクッキーだ。たくさんの白ゴマが練《ね》り込まれており、ぽつぽつと不思議な触感《しょっかん》である。

普段は料理の上にぱらっと振りかけたり、風味付けで擦《す》ったものを和《あ》え物《もの》に混ぜたりする程度で、主原料になるほど大量に使ったものを食べたことはなかった。

一口齧ってみると、ゴマ特有のぷちぷちした食感がひと噛《か》みごとに現れるのが面白《おもしろ》い。甘味《あまみ》よりまず先に、炒《い》ったゴマの香《こう》ばしさを感じる。

「へぇ……」

思ったより美味《おい》しかった。ゴマそのものの味についてあまり気にしたことがなかったが、このように食べても美味しいものなんだと驚かされる。

ゴマの香りが鼻を通り、オイリー感がそれを纏《まと》め上げる。クッキー自体の甘味はあまりないが、代わりにほんのわずかな塩味を感じた。

甘いものに塩なんて、と前までなら思ったが、これは確かに塩味があって丁度いい。おかずになるほどの塩でなく、本当に極僅《ごくわず》か——たぶん入っているんだろうな、と感じる程度の塩味のお陰で、不思議と一枚食べきるまでにゴマに飽《あ》きることはなかった。

「リューさん、それコーヒー味だよね？　どう？　苦い？」

リューさんが齧っていたのは、他より明らかに黒いクッキーだ。恐らく、あれが先程《さきほど》店員さんの言っていたコーヒークッキーであろう。

「ちょっと苦いけど、悪くないな」

リューさんが二口くらいで食べきってからそう言うので、ちょっと気になったがバスケットの中にコーヒー味は残されていなかった。残念。

それからしばらくクッキーを齧りながら話していたが、リューさんが窓の外を見て

「ん？」と呟いた。

「どうしたの？」

「……あの看板、何だと思う？」

「えっと……蛸屋《たこや》さん？」

リューさんが指したのは、向かいにある店の看板だ。潰《つぶ》れた蛸の絵が描かれた看板で、よく見ると三号店と書かれている。どうやらお店の前にメニューなどのポップが提示されてるようだが、ここからじゃよく見えない。

「うちの向かいにあるのはクトー様のお店だね。ここいらじゃ一番盛況《せいきょう》なところだよ」

コーヒーを持ってやってきた店員さんが、そう教えてくれた。

「クトー様……偉《えら》い人ですか？」

「んー、偉いというか、昔からこの街に居る人、ってのが正しいね」

カップをソーサーの上に載せ、コーヒーが並べられる。私の方が若干薄《じゃっかんうす》く見える。

「はいこれが嬢ちゃんの分、ルデュク種の浅煎《あさい》りだよ。苦みと酸味が控《ひか》えめで、初心者にはおすすめの品種だ。こっちは姉さんの、ブノワ種の中煎りだ。どちらも好みで砂糖とミルクを入れて良いが、ミルクは濃《こ》いから入れすぎないようにね」

「はい、ありがとうございます」

リューさんはコーヒーに目も落とさず「クトー……？」と呟いているので、とりあえず話しかけないでおこう。集中してる時のリューさんに無理矢理《むりやり》話しかけてもロクな反応しないからね。

角砂糖と小さなポットに入ったミルクが置かれるが、とりあえずそれらを入れずにそのままカップに口を付ける。ほとんど熱湯と言える温度だが、冷まさなくても飲めるギリギリのラインだ。

「んー……？」

苦い。苦いが、思ったより苦くない。もっと苦いものに慣れているからそう感じるのかもしれないが、これくらいならお砂糖入れなくても飲める。

とはいえ、美味しいかと言われるとよく分からない。焦げたお茶とは違った、豆を黒くなるまで炒った時のような、異国の香りが鼻を抜《ぬ》けていく。

なんとリアクションすれば良いのか分からなかったので少しずつ飲んでいると、リューさんが視線をテーブルに落とす。ようやくコーヒーの存在に気付いたようなので、リューさんがカップに口を付けるのを待ってから、聞いてみる。

「美味しい？」

「分かんねえ」

「あはは、だよね」

不味《まず》いわけではないし、飲めないわけでもない。けれど美味しいかと言われると、よく分からないと答えるのが正直なところだ。

リューさんが角砂糖をいくつかカップに落としているので、私も倣《なら》って一つだけ落とし、スプーンで混ぜてから再び飲む。

――すると、先程までとは全く変わった味わいに変化した。

そのまま飲むと苦い豆茶くらいにしか感じなかったのに、お砂糖が入ることで急に甘くて苦みのあるデザートのような飲み物に化けたのだ。

「あ、これなら美味しいかも」

小さく呟き、最後に残った抹茶《まっちゃ》味のクッキーを齧り、口に残っている状態でコーヒーを口に含《ふく》むと、再びコーヒー特有の香りが花開く。お砂糖の甘味だけでなく、甘さ控えめのクッキーとの相性《あいしょう》も良いようだ。

となるとやはり、私みたいな素人《しろうと》は単純に味への慣れの問題として、お砂糖があった方が随分と分かりやすく楽しむことが出来そうだ。

バスケットがカラになってしまったので、店員さんにクッキーの盛り合わせを追加で注文し、届くのをしばらく待っていると、リューさんが「思い出した」と口を開いた。

「クトーって、厨房に居たアイツか」

「知り合いのお店っぽい？」

「……いや、知り合いならとっくに死んでるはずだ」

「じゃあお弟子《でし》さんとか？」

「弟子……いや弟子なんて取れんのか……？」

首を傾げていると、クッキーのバスケットを持ってきた店員さんが教えてくれる。

「クトー様のお店、『シュドメル』は街の中にも5店舗《てんぽ》くらいはある人気店だよ。どこも予約しないと入れないって聞くけど、お知り合いなら融通《ゆうずう》してくれたりもするかもね」

そう聞いたリューさんは「ふぅん……」と声を漏らすだけだったので、私から提案する。

「このお店出たら行ってみる？」

「ん、いや、別に。本人居るわけでもねえしな」

「本人？　本店には居ると思うよ？」

「……本当か？」

疑問の目を向けたリューさんに睨まれた店員さんは、冒険者さんのような反応をすることなく平然とした態度で「そりゃあ魔族だからね」と返す。

そうか、人族ならともかく、魔族なら延命薬をＤＰ交換《こうかん》することが出来るのだ。

以前、迷宮を持っていない魔族向けに延命薬を売るビジネスがあるとも聞いたことがある。人族が飲んでも効果がないらしいので、リューさんや天眼《てんがん》さんのように、人族のまま100歳《さい》を超《こ》す人は滅多《めった》に居ないみたいだけど。

「……そうか、魔族か」

小さく呟いたリューさんにそれ以上質問されることはなさそうだと考えた店員さんが、テーブルから離《はな》れていくのを待ってから聞いてみる。

「リューさんの知ってるクトーさんは、魔族じゃないんだよね」

「あぁ。ハンナ――カロラの先祖が厨房で飼ってた、ペットの名前だ」

「……ペット？」

「魔物《まもの》だがな」

「………変わった趣味《しゅみ》なんだね？」

カロラのご先祖様といえば、魔導都市を作った人だ。詳《くわ》しいことは教えて貰ってないけど、勇者でもないのに魔王を倒《たお》した経歴を持つくらい、すごい才能があったみたい。国を作るって簡単なことじゃないだろうし、そのくらいは出来るのかな。

でもなんで厨房でペット飼うんだろ？　普通お部屋とかじゃない？

「オレが来る前に当時交流してた魔王から貰ったたっつってたが、いや、まさか……」

「んーと、魔物でも延命薬飲んだら延命されるのかな」

「流石にされねえだろ。……試《ため》す奴が居るかは知らねえが」

確かに、リューさんの言う通りだ。延命薬は一粒《つぶ》で10年ほど寿命《じゅみょう》を延ばす効果があるが、交換レートが高くDPを大量に消費してしまう。一度交換するごとにレートが上がっていく仕組みのようで、どこかで交換レートがDPと釣《つ》り合わなくなり、延命薬だけではどんな魔王も1000年は持たないって以前ミャーさんが言ってたっけ。

カロラのご先祖様の話は、私が寝ている間のことだが、たしかここ100年とか200年の話ではない。魔物は種類によっては人並みに長い時を生きることもあるらしいが、リューさんの反応からしてそのケースではなさそうだ。

「行きたいとこがあるわけでもないから、気になるなら付き合うよ」

「……そう言っても、別に話すことがあるわけでもねえしなあ」

「仮に本人だとしても、ペットだしね……」

まぁ言われてみるとそうだ。知人の飼ってたペットなんて、知り合いとカウントしても良いのかすら微妙《びみょう》なところである。

まだ知人の友達くらいの方が話すことがありそうだけど、ペットだと流石になぁ。喋ったりしたことはなさそうだし、いや喋る魔物が居るかは知らないんだけど……。

特にリューさんから行きたそうな気配は感じなかったので、まぁ別に良いかなと考えてコーヒーとクッキーの相性を堪能《たんのう》しながらまったりとしていたが、流石に今後の予定を決めようという話になる。

カロラが予約してくれた宿に直行しても良いが、夕飯にしても早すぎる時間だ。もう少し街をぶらつきたいねと話していると、水のボトルを持った店員さんが声を掛《か》けてくれる。

「行きたいところが特にないなら、七番街に行くと良いよ。このあたりの玄関口とは随分《ずいぶん》違《ちが》った趣《おもむき》で楽しめると思うからね」

「えっと……どんなお店があるんですか？」

「んー、まぁ店の種類自体はこのあたりの一番街と大して変わらないけど、七番街だけはこの街で唯一《ゆいいつ》、首都の拡張前からあったエリアだ。ほら、このあたりってどの店も同じような建物使ってるだろう？」

「……結構分かりづらいんですよね、初めてだと」

建物の外観がほとんど同じなので、観光客向けのエリアのはずなのにどこがどんな店なのか近づいてよく見ないと分からなかったりするのだ。それでも各店は出来る限りの個性を出そうと看板でのインパクトで競《きそ》っているところもありそうだが、それはそうとしてやはり分かりづらさを感じてしまう。

「はは。まぁ慣れさ。七番街だけは最初からあったんだよ。最初はあそこが一番街だったらしいんだけど、街が増えるたびに数字が後ろに進んでいって、今や七番街。この前の通りをそのまま進むと三番、五番、七番街と続いてるから、迷わずに着けると思うよ」

「ありがとうございます、じゃあリューさん、そっち向かってみるで良い？」

リューさんに頷かれたので、行先は決まった。

ふと、建物構造や配置が画一化されてないエリアってことは、普通《ふつう》にそこらの街と同じなんじゃないかなと疑問は浮かんだが、まぁ口には出さないでおく。

「興味ないかもしれないが、クトー様の本店も七番街にあるからね」

「だって、リューさん」

「……まぁ外から見るくらいなら良いか」

渋々《しぶしぶ》といった反応だが、あてもなくぶらつくなら目的地を決めた方が良いと思うので、とりあえずそこに向かってみよう。魔物が延命してシェフになってるってもうよく分からなすぎるのに、なんでリューさんは気にしないんだろ。興味ないんだろうなぁ。

その後はコーヒーのおかわりまで注文してのんびりしてしまったが、このままじゃ日が暮れちゃうとギリギリ明るいうちに店を出て、店員さんに教えて貰った七番街に向かって歩いていると、ふと気になったことを聞いてみる。

「そういえば、クトーさんはどうして厨房で飼われてたの？」

「水生の魔物なんだよ。だから一番水場が近い厨房にデカい水槽《すいそう》置いて飼われてた」

「あー、なるほど……蛸の形だったりするのかな」

「いや、蛸じゃなくてマインドフレアだ。見た目は蛸に似てる……か？」

魔物の名前なんて、食べられるものしか分からない。でもマインドフレアなんて魔物をＤＰ交換リストで見た記憶《きおく》はないので、たぶん食用じゃないとは思う。

「生物の脳吸ってその知能を手に入れるとかいう魔物だったはずだ。まぁ餌《えさ》には魚しかやってなかったが、オレが城出てからどうなったかは知らねえんだよな」

まさに魔物らしい生態だ。しかしそうなると、嫌《いや》な予感しかしない。

リューさんも「まさか、な」と呟いてるので、きっと同じ想像をしたのだろう。

――もしも人を餌にしたらどう育つのか。ちょっとだけ、背筋が寒くなった。

強者と弱者

「聞いていいことかわかんないから聞いてなかったんだけど、リューさんはバートウィッスルに用があるのよね？」

七番街と呼ばれるエリアに向けて広い街を歩いていると、空も夕焼けに染まり、ところどころ街灯が灯《とも》ってきた頃《ころ》、先頭を歩いていたミャーさんが突然振《とつぜんふ》り返ってそう聞いてきた。リューさんは突然振られた話題に疑問を覚えたようだが、不機嫌《ふきげん》になることなく頷き返す。

「ん？　あぁそうだが」

「会いに行くことは出来るんじゃない？　リューさんなら順当に迷宮攻略《めいきゅうこうりゃく》すれば――」

「行ったぞ前に」

「……結果は？」

「最奥《さいおう》まで行って、目に入るもん全部ぶっ壊《こわ》しても出てこなかったから帰った」

さらっと平然とした顔で言われ、ミャーさんは「ひぃ……」と悲鳴のような声を漏《も》らす。

1800年前にリューさんを封印《ふういん》したバートウィッスルさんは第三階位――つまり魔王《まおう》の中で上から三番目に偉い。当然、最下位であるミャーさんよりずっと上の席である。

リューさんって、そんな人の迷宮《めいきゅう》でも一人で攻略出来ちゃうんだ。ミャーさんが怖《こわ》がるわけだよ。

「ミャーみたいにしなくても、コア持って全力で逃《に》げられると実際のところどうしようもないのね」

「あぁ。当時はそんなこと知らなかったからな。手近なとこに居た他の魔王ぶん殴《なぐ》って話聞いたら、こっちが魔王にさえなれば確実に出てくることが分かったんだよ」

「あー、占拠《せんきょ》システムね。ミャーの認識してる限りそれ使って魔王が交代したなんて聞いたことないけど……確かにそれ狙《ねら》いならご主人を魔王にするのが手っ取り早いかー」

二人はどこか納得《なっとく》してる様子だけど、私の読める範囲《はんい》にある迷宮情報にはそんなシステムは書かれていない。そもそも魔王にどうやってなるかもミャーさんに聞かないと分からないくらい。とりあえずDPを貯《た》め続けるだけだ。

私はなんだかんだで300年くらい生きてるけど、迷宮魔族としては新人も新人。ほとんど寝てただけだしね。

「その、占拠？　ってのはミャーさんでも適用出来ないの？」

ふと疑問に思ったので聞いてみる。魔王同士でしか適用されないルールなら、魔王であるミャーさんでも適用出来ると思ったからだ。

「無理ねー。ミャーは迷宮閉じちゃってるから、上位に挑《いど》む権利がないのよ」

「迷宮開けたら？」

「嫌よ。これに関してはご主人に頼《たの》まれても嫌」

「むぅ……」

ミャーさんの完全拒否《きょひ》には、リューさんも意外そうな顔をしている。

すぐ傍《そば》に現役《げんえき》魔王が居るんだから、そちらに頼むという選択肢《せんたくし》もあったはずだ。断られちゃったけど、それはそうとして選択肢の一つではあった。

どうしてリューさんがそれを選ばなかったのか考えたけど、無理矢理やらせようとするとミャーさん全力で逃げちゃうからかな。そうなると、たぶん二度と私たちの前には姿を現さなくなるだろう。それは悲しいな。


「そこの女と猫！　そこを動くな!!」

ミャーさんはなんとなく聞きたかっただけなのか、その話題がそれ以上続くこともなく歩いていると、突然《とつぜん》背後から声を掛けられた。

女だけだったら無視するところだったけど、猫と一緒に歩いているのは私達くらいしか居ないから流石《さすが》に立ち止まる。

「……何ですか？」

不機嫌さを丸出しにしたリューさんが舌打ちするので、代わりに私が振り返って聞いた。

そこに居たのは、長い角が二本生えた、大柄《おおがら》な男の人だ。鬼族《オーガ》っていうんだっけ？

＊

時は少し前に遡《さかのぼ》る。

街で一番高い物見の塔《とう》から、米粒《こめつぶ》ほどに小さく見える人を眺める男が二人。

「ただいま戻《もど》りました。先程、魔王バートウィッスルが北門から街を出たのをこの目で確認しました」

「おうおかえり。アイツようやく帰ったか……」

片方は、たった今塔に戻ってきた、人族平均の倍はありそうな背丈《せたけ》の大男で、もう片方は明らかに非戦闘員《せんとういん》であろう細身でひ弱そうな、若干猫背気味《じゃっかんねこぜ》の卑屈《ひくつ》な顔をした男だ。

「じゃあ、あそこに居るのは違《ちが》う奴なんだよな？」

ひ弱な男が指さしたのは、猫連れで歩いている二人の女だ。

「……同一人物でないことだけは、確かです」

大男の方が偉いのかと思えば、畏《かしこ》まった口調である。どうやら、ひ弱そうな男の方が立場は上のようだ。

定期的に街に無断で入ってきては時折揉《も》め事《ごと》を起こすバートウィッスルについて、彼《かれ》らは諦《あきら》めていた。自分たちの手に負える存在ではないからだ。台風のような天災の一つだと考えれば、そちらはまだ諦めもつく。

しかし問題なのは、先程見つけてしまったあの女。

「似てる……よな」

「服装も髪型《かみがた》も違いますが、顔立ちはほとんど同じに見えますね」

二人は随分と前からバートウィッスルと面識があるので、見間違《みまちが》えるとは思えない。だが、そこに居る金髪《きんぱつ》の女は、別人にしては少々似すぎている。

「双子《ふたご》か兄弟姉妹か……」

「それでは、あの者も2000年ほど前から生きていることになりますが」

「アイツも迷宮魔族の可能性はないのか？」

「ありえないかと。2000年近く生きる魔族はこの時代に片手で数えられる程しかおりませんが、あの女はその誰《だれ》でもありません」

「……エルがそう言うなら間違《まちが》いないか」

ひ弱な男は、大男をエルと愛称《あいしょう》で呼び、彼の意見を尊重した。立場上自分の方が偉くとも、自分より長く生きる部下のことを信用し、重用している証だ。

「43番区画――担当はジィルですね。少々堅物《かたぶつ》ですが、仕事はこなす男です」

「ちゃんとこなされたら逆に困るんだよなぁ……」

先程街に住む一般魔族《いっぱんまぞく》から「魔王《まおう》メレミャーニンに酷似《こくじ》している猫《ねこ》を目撃《もくげき》した」との通報があり、現場を眺めていると見覚えのある顔をした女を見つけてしまった。しかも、何故《なぜ》かソイツはあのメレミャーニンと一緒に歩いている。

「入管審査《しんさ》を受けず無申告で首都に侵入《しんにゅう》した者への対応は、通常のマニュアルに従えば拘《こう》束《そく》し詰所《つめしょ》に連行、滞在《たいざい》した日数や目的を確認の上、規定額の罰金《ばっきん》を支払《しはら》わせ街の外に釈放《しゃくほう》、1年間の出入り禁止措置《そち》を取ることになっています」

「……やるのか？」

「ジィルならば、恐らくやるかと」

「………………」

二人は、顔を見合わせ溜息《ためいき》を吐《つ》いた。こういう時、イレギュラーに対応出来る者とそうでない者ははっきりしている。

何を考えているか分からないメレミャーニンに加え、バートウィッスルに酷似した謎《なぞ》の女まで居る状況《じょうきょう》が、普段通り《マニュアル》であるはずがないのだ。

まさか女の顔だけ見て、先程まで厳戒《げんかい》態勢を取られていたバートウィッスル本人と勘違《かんちが》いすることはない――と信じたいが、それも微妙なところである。

「だぁー！　バートウィッスルはともかくメレミャーニンなんでここに居んの⁉　魔王は街入る時ちゃんと事前申請《しんせい》しろって俺《おれ》前から言ってるよなぁ⁉　なんで誰も聞いてくれねぇの⁉　申請されたら中で鉢合《はちあ》わせないように調整してからちゃんと受け入れるから素通りすんなっていつも言ってんだろ‼」

はぁ、はぁと息を荒《あら》くした男は、一通り叫《さけ》んだらスッキリしたのか、塔の縁《ふち》に身体を預けるようにしてもたれかかった。

「あれが、ただ似てるだけで普通の、何でもない女である可能性は？」

「……一人ならばその可能性もありましたが、メレミャーニンが同行している以上、その可能性は低いでしょう」

「だよなぁ……魔王に似てる女が普通の女なわけねぇよなぁ……」

最近は猫の姿しか目撃されていないメレミャーニンだって、最初２００年くらいは普通に魔王《まおう》として活動していたのでバートウィッスルとも面識がある。猫期間が長いとはいえ、見知った魔王の顔を忘れることは流石にないだろう。ないと信じたい。

つい先程など、顔をそちらに向ければ見えるくらいの位置まで偶然近づいていたのだ。メレミャーニンもバートウィッスルもどちらも意識していないように見えたが、上から眺めているだけで詳しいことは分からない。

しばらく街を眺めていた二人だったが、区画担当の警備兵ジィルがメレミャーニンらと相対し、明らかに交渉《こうしょう》が上手《うま》く行っていないのを確認すると、ひ弱な男は「うし」と呟き身体を起こし、塔の縁に足を掛けた。

「けどま、可哀想《かわいそう》だし一応行ってくるわ。エル、いざとなったら――助けろ」

それだけ言い残すと、男は部下の返事を待たず塔から飛び降りた。

その塔は、雲を貫《つらぬ》くほどに高い。地上から頂点が見えるような高さにはなく、しかしそれだけ高くとも、迷宮機構《めいきゆう》により外から目視で観測することは出来ない不可視の塔だ。

このような建物が、都市内にはいくつも存在する。ごく一部の腹心のみに知らされるその建物が、レスタンクール領の、ひいては魔王迷宮の防衛の要である。

男は落下しながらマントに包《くる》まると、次の瞬間には小さな蝙蝠《こうもり》に変化していた。

昼の似合わぬ蝙蝠は羽を巧《たく》みに操《あやつ》り、目的地へと降下していく。

「いや俺が着くまでの数分で何が起きてんだよ………」

地面に倒れ伏《ふ》す警備兵ジィルがめそめそと泣きながら、地面に落ちた何かを拾い集めようと虚空《こくう》で手を動かしている。

立っているのは、バートウィッスルによく似た女と、猫の魔王メレミャーニンと――

「え？」

上空から見た時には、そこは年端《としは》も行かぬ少女が居た場所《ポジション》のはずだ。

しかし、すぐそばから見たら、そこに居たのは――

「お、お前、何なんだ………？」

呆然《ぼうぜん》と立ち尽《つ》くした男の名は、第四階位魔王、暗々裏《あんあんり》レスタンクール。

――彼の目に映っていたのは、映ってしまったのは、異形の何かであった。

どろりと溶《と》けるタール状の何かが、べちゃり、べちゃりと床《ゆか》に落ちて消えていく。塊《かたまり》はおおよそ人の形に思えるが、しかし上空から見た時に居たはずの少女とは明らかに違う。

ギィイインと何かの悲鳴のようにも聞こえる異音が風に乗って耳に届き、寒気が抑《おさ》えられない。何から聞こえるのか、何が見えているのか、何一つとして理解出来ない。

目を背《そむ》けると、無言でこちらを見るバートウィッスル似の女——がこちらを睨《にら》んでるような気がして、思わず状況を確認するため床で泣くジィルの尻《しり》を蹴飛《けと》ばすと、ようやく上司の存在に気付き慌《あわ》てて飛び上がった。

「ま、魔王様⁉　どうしてこちらに⁉」

「あー、落ち着け落ち着け。ともかく状況教えろ」

「は、はい！　まず、住民からの通報により、魔王メレミャーニンが無許可で街に入ったことを知ったので確認に来たところ……」

「ところ？」

「…………………」

「おい無言になるな説明出来ねえのか⁉」

「も、申し訳ございません！　自分にも何が起きたのか分からないのです！」

半泣きになりながら謝罪をする部下を見、溜息で返してからメレミャーニンを見る。

こいつは一応顔見知りだ。ただ、ここ数百年会って話すことはなく、目撃証言すら気まぐれに散歩しているところを発見された程度のメレミャーニンは、迷宮を閉じ、魔王としての活動を完全に停止している変わり者だ。

とはいえ、先程出ていったような話の通じない異常者と比べると随分とマシな方と記憶しており、ならばどうして魔王の座を退きもせずふらふらしているのか分からなかった。

「……メレミャーニン、久しいな」

「あらお久《ひさ》し振《ぶ》り。こんな些事《さじ》にも出てくるなんて、ご苦労ね」

猫が流暢《りゆうちよう》に言葉を話しているというだけで、只事《ただごと》ではない。声帯が違うからだ。メレミャーニンは、呼吸レベルで完璧《かんぺき》な変化をしているということになる。

そんな真似《まね》が出来る魔王を、俺はメレミャーニン一人しか知らない。

実体からかけ離れた変化を行うと、普段《ふだん》通りの能力を引き出せず戦闘力《せんとうりよく》が下がるため、あえて弱くなる変化を維持《いじ》する必要など普通はない。俺のように元から戦闘力ゼロなら関係ないが、こいつはそうではない。魔王の中でも上位に位置する実力者のはずだ。

「あー……いや、まぁそうなんだが、出来ることならコイツの尻拭《しりぬぐ》いはしたいと思ってる。何があったのか教えてもらえるか？」

「んー、いや説明出来ることなんてほとんどないよ？　ミャーがそこの人に絡《から》まれて、したらご主人が前に出て、そこの人がご主人に手を伸ばしたらこうなった」

「…………事実か？」

メレミャーニンを疑うわけではないが、並の部下がメレミャーニンレベルの魔王を相手に出来るとは、はなから考えていない。戦えそうなのは、エルを除けば三人くらいか。

だが、もしこれが嘘《うそ》で部下が脅《おど》されているのなら、少なくとも反応に出るはずだ。

「じ、事実です」

「……そうか」

半泣きになった部下の様子を窺《うかが》うと、右手首から先が炭化して崩《くず》れ落ちていた。先程《さきほど》倒れ伏していたのは、床に散らばった炭や灰を拾い集めていたのだろう。

「一応言っとくが、オレじゃねえぞ。障壁《しょうへき》の手前だった」

「えっ、そうなの⁉　じゃあ――」

「ミャーでもないよー」

「えぇー……？」

あれ、今なんか誰か喋《しゃべ》ったな？

先程見てしまったものが信じられず、部下とメレミャーニンしか視界に入れないようにしていたのだが、やはりこの場には少なくとも、もう一人の人物が存在するようだ。

恐《おそ》る恐る声の方に顔を向けると――

「いや待てやっぱなんか変なの居るよな！？！？」

眼を擦って、もう一度。

部下、猫の魔王メレミャーニン、バートウィッスル似の女と、あと一人、――空間そのものが捩じれ、どす黒いものが蠢《うごめ》きながら漏出《ろうしゅつ》して人の形を取っている。蠢く触手《しょくしゅ》のような粘液《ねんえき》は、さながら黒く染まった粘液生物《ウーズ》のようだ。

「さっきと全然違うじゃねえかッ!!」

何かは分からんが、これは明らかにこの世界に存在してはいけない性質のものだ。生命体とはとても思えない、不可解な存在。これと比べたら、バートウィッスルに似てる女なんて、ただ似てるだけのそっくりさんだ。

「なんか変なの見えちゃうんだけどなんなんだよついに俺の目おかしくなったのか⁉　点綴《てい》――は死んだんだったなんだ誰か俺の目に何かしたか⁉」

「ま、魔王様⁉　どうなさいました⁉」

「お、お前にはどう見えるんだ⁉」

「えっと……猫に、女が二人……ですが……」

「女ァ……？」

「冒険者風の女に、村娘《むらむすめ》風の女が……」

「ムラムスメ⁉」

てことはたぶん田舎《いなか》くさい、外から来た感じの娘ってことだよな。え、何？　それ何？　ムラムスメって俺の知らない異界種族だったりしないか？

だが、部下は慌てふためく俺を見てか割と素に戻っており、冗談《じょうだん》を言ってる顔じゃない。

えっとここに村娘が居るって言ってんだよなこいつは？

「目ぇ瞑《つぶ》るか顔背けりゃマシになるぞ」

バートウィッスル似の女がそう教えてくれたので、とりあえず目を瞑ってついでに両手で目を覆《おお》い、顔を地面に向けて呼吸を整えるとちょっと落ち着いてきた。何だよ、視界から侵入する新種の寄生生物か？　怖すぎんだろ。聞いたことねえよ。

「君《キミ》……いや貴女《アナタ》……いや貴女様《アナタサマ》……は何者だろうか。あぁ、いや別に答えなくとも構わない。事情聴取《ちょうしゅ》でもない。そう、ただの興味だ」

「え？　私？」

「あ、あぁ、たぶんそうだ」

バートウィッスル似の女の声でも、メレミャーニンの声でもない。ならば、今反応したのは消去法であれだ。あ、駄目《だめ》だ、頭の中で思い出そうとするとまた思考が狂《くる》ってくるので考えないようにしよう。そこに居るのは村娘、村娘村娘村娘村娘ムラムスメ――

「泣きそう……」

「魔王様《まおう》!?　しっかりしてください!!」

部下にゆすられて考える。俺てばこんな弱かったっけ？　いやでもまぁ俺、下級《レッサー》だもんな。タイミングと発想とあと運が良かったのと友人に恵《めぐ》まれたから魔王になれただけだもん。まぁこんな程度だよな俺。正面切って戦って勝てる魔王なんて一人も居ねえし、勇者連中どころか、そこらの冒険者《ぼうけんしゃ》にだって普通に負けるくらいには弱い、自他ともに認める最弱の魔王だ。

一応ＤＰ注《そそ》ぎ込《こ》めば種族転生が出来るっぽかったけど、それはちょっとなぁって避《さ》けて自分の強化も大してしないままここまで生きちまっただけの下級吸血鬼《レッサーヴァンパイア》が、この俺。

人には相応の立場ってもんがあって、俺は明らかにそれより上になってしまった。けど、現実を知ったよね。今この瞬間《しゅんかん》、全《すべ》てを辞《や》めたくなってるからね。もう魔王辞めてただの下級吸血鬼《レッサーヴァンパイア》に戻って血液パックから血を吸う生活に戻りたくなってるもん。

「私はクロエです。えっと……食堂を経営しています」

「ショクドウ………あぁ、食堂か。そうか、食堂か、うん」

食堂、ってあれ、聞き間違いとかじゃないよな。たぶんそれ、普通に飯とか出す店のことだよな。似た音で全く別の場所だったりしないよな？　変な方言とかでもないよな？

「────、────、────」

俯《うつむ》いたまま堂々巡《どうどうめぐ》りの終点が見えないでいると、ふと、上手く聞き取れない声を耳が拾う。これと似たような音の羅列《られつ》を、自分のことをただの人族だと思い込んでいた頃によく聞いたものだと、懐《なつ》かしい感覚を覚えた。

「……魔法《まほう》か」

なるほど、古《いにしえ》の魔法を扱《あつか》う存在であったかと納得しかけ、いや待てこの時代に魔法使う奴《やつ》なんてそうそう居ないだろと思考が進み、あぁバートウィッスル似の女が仮にバートウィッスルと同じ時代の人間ならば魔法くらい使えても——まで考えたところで、いやとっくに死んでるだろそいつはと自分で自分の思考に突《つ》っ込みを入れる。

「もう目開けて良いぞ。慣らした」

「あ、あぁ。えぇと、あー、うぉお……本当にただの村娘だ……」

そこに居たのは、部下が村娘と呼ぶのも納得の、10歳かそこらの少女であった。

どうして街の住人でないと一目で分かるかと言われれば、服装の問題である。

ここ魔族領レスタンクールでは、自らプロデュースした流行の色や衣類が流通しており、通常ではありえない速度で衣類を消費し新しく購入《こうにゅう》させることが出来る。遠い昔に恩師から教えて貰《もら》った、巨大《きょだい》都市の運営方法の一つだ。

稀《まれ》に以前の流行から離れずに着続ける者も居るが、それでもこうはならない。故に街の住人ではなく、また領地の人間でもなく、流行と離れた地に住んでいると分かるのだ。

「あなたは、本当に魔王さんなんですか?」

「あ、あぁ。これでも一応、その、一応だが魔王だ」

まだ先程《さきほど》まで見えていた何かとこの少女が結びつかず、たじろぎながら言葉を返す。

そもそも生物かも分からん少女に比べたら、バートウィッスル似の女やメレミャーニンは、少なくとも人や魔族の類だからマシな方だ。

チラリと少女に目を向けると、「へぇ……」と感嘆《かんたん》の声を漏らしていた。こうして見ると、本当に年齢《ねんれい》相応の女の子にしか見えない。だが先程まで見えていたものと今の姿、そのどちらが本質なのか俺には判断できない。それほどまでに異常な存在であるからだ。

「ところであなたは銀翼《ぎんよく》に大変よく似ているようだが、……親戚《しんせき》か何かか？」

「……アァ？」

「悪かった。正直言って怖いから威圧《いあつ》するのはやめてくれ」

少女の方に意識を向け続けるのが辛《つら》かったので何の気なしにもう一人の女に声を掛けてみたら、本気の殺意を向けられて漏らすところだった。怖すぎるんだけど、なんだよこの一行。おいメレミャーニンどうなってんだよ。そこらの魔王より怖いぞこいつら。

「……銀翼とは少々揉めてる。アイツがここに居たら、今すぐ殺してやる」

「すまないが不可能だ。あれは人の話を聞くような奴じゃない」

「だろうな」

この街が戦場になっていないということは、先程は本当に偶然《ぐうぜん》バートウィッスルと会わなかったということだ。ギリギリすぎんだろアイツ。ホントに何してたんだ？

名前聞いただけで殺意向けてくるこの女も大概《たいがい》だとは思うが、それはそうとしてバートウィッスルが至る所で恨《うら》まれているのも事実。

一般的《いっぱんてき》な人族の想像する魔王とは、それ即《すなわ》ち第三階位魔王である銀翼のバートウィッスルを表すことが多い。現役魔王の中で最高齢であろう奴が在位何年かは詳しく知らないが、２０００年近く魔王をしているはずだ。それほど長い年月人族を脅かしていたら、一体どれほど恨まれていることだろう。

「……そういえば、銀翼は人族を騙《かた》っていた時代もあったらしいな」

以前俺の領地に住んでいた魔王に、そのような昔話を聞いたことがある。あれも随分《ずいぶん》な変わり者であったが、しばらく前に人族の英雄《えいゆう》に殺されてしまった。聞いた話がどれほど昔の話だったかは分からないが、その瞬間、俺は自らの軽口を後悔《こうかい》した。

「テメェ、それを知ってるってことは――」

噴出《ふんしゅつ》される魔力《まりょく》によって、突風《とっぷう》が吹《ふ》く。殺意が針のように突き刺《さ》さり、身体中《からだじゅう》の穴という穴から冷《ひ》や汗《あせ》が溢《あふ》れだす。

ヤバい。ヤバいヤバいヤバいヤバい。俺は何を踏《ふ》んだ？　それは獅子《しし》の尾《お》ですらなく、竜《りゅう》の逆《げき》

鱗《りん》でなかったか⁉

「し、知らない！　点綴《てんてい》に昔話を聞かされただけだ‼」

ともかく弁明。怖い。少女だけでなく、この女もヤバい。何だコイツ。いやそりゃ魔王と因縁《いんねん》ある人族にまともな奴は居ないかもしれないが、この反応は普通じゃない。

「お、俺が知ってるのは、銀翼が迷宮攻略のために人族の勇者を騙っていた時代があったことくらいだ！　詳しくは知らん！　俺が生まれるずっと前のことだからな！」

「…………そうか」

命がけの弁明が通じたか、殺気と突風が次第《しだい》に収まっていく。なんとか選択肢を誤らなかったようだ。さっきから命乞《いのちご》いが多すぎるぞ俺。

一応魔王のはずなんだけど、さっきから顔くらいしか知らない部下にすっげえ冷めた目で見られてんだよな。たぶんもう威厳《いげん》とか消滅《しょうめつ》してるよな。

「悪いが、場所を……変えても良いか？」

そう提案すると、三人は顔を見合わせた。

ここに来る前に迷宮機構を利用して人避けを行っていたが、このあたりに最初から居る者や住んでいる者は対象外だ。俺の顔を知っている住人はそこまで多くないとはいえ、話から察することは出来るかもしれない。

自分が住んでいる街の領主であり魔王である男が、こうもみっともない男だと気付かれたくはない。いや、普段は違うんだよ。もうちょっと威厳ある感じ出せてるし……。

結論が出たか、女と猫の魔王と少女の姿をした何かが頷《うなず》きで返してくれたので、どこに連れて行こうかと考えながら歩きだした。

＊

突然出て来た魔王さんは、大通りを避け路地を通って私達《たち》をどこかへ連れていく。

歩きながらミャーさんと何か話していたようだけど、私の分かる話はしていなかったからあまり聞いていない。

「さっきの、何だったんだろ……」

思い出したので呟《つぶや》くと、リューさんが「あー……」と声を漏らす。

先程、街の衛兵が私――の腕《うで》の中に居たミャーさんに手を伸《の》ばした時のことだ。

ミャーさんは抵抗《ていこう》しなかったし、リューさんも動かなかった。だから私も障壁か何かで守られているんだろうなと高を括《くく》って無《む》抵抗《ていこう》でいたのだが、私に触《ふ》れる瞬間、衛兵さんの指先がぼろりと崩れ落ちたのだ。これまで、あんな現象を見たことはない。

「リューさんじゃないんだよね？」

「……あぁ、違う」

「ミャーさんでもないなら……私？」

うっすら勘付《かんづ》いているが言いづらい――といった表情をしているリューさんに聞いてみたが、反応は微妙だ。

「……原理は説明されても分かんないと思うから聞かないけど、気にしなくて良い？」

「あぁ。大して害はねえから、気にすんな」

「そっか。なら気にしないね」

リューさんはコクリと頷いた。どこか安心したような表情だ。

そういえば、私が３００年眠《ねむ》っていた間も、謎の呪《のろ》いが近づく魔物《まもの》とかを勝手に食べたって言ってたっけ。起きてからはほとんどリューさんと一緒《いっしょ》に居るから誰からも狙われないけど、ひょっとしたら何かの呪いが私の身を守ってくれてるのかな。一応納得出来る結論を見つけたので、それ以上考えないことにした。

しばらく歩いていると、いきなり街の風景が変わった。先程までの通りとは違い、建物自体が画一化されていないエリア――ここが七番街だろう。

七番街に入ってしばらく歩いていると、先導していた魔王さんとミャーさんが、とある建物の前で立ち止まった。

「あれ？　ここ……」

「さっきの看板と同じだな」

そのお店には大きな門があり、中にはお庭がある、随分と古風な作りだが、気になるのはお店の外壁《がいへき》に、先程看板で見かけた、潰《つぶ》れた蛸《たこ》の絵が描《えが》かれていたことだ。

「なんか、随分あっさり入れそうだね」

門を守るように立っていた人と魔王さんが一言二言話すと、すぐに門扉《もんぴ》が開かれた。先程予約必須《ひっす》と聞いたが、流石に魔王だと本店であっても顔パスらしい。

「これ……」

「どうしたの？」

門扉を潜《くぐ》って庭を歩いていると、リューさんが立ち止まって後ろを振《ふ》り返る。

「……似てるな」

「お庭が、ってこと？」

リューさんが頷き返した。街の雰囲気《ふんいき》とあまり合ってるとは思えない庭付きのレストランだが、どうやらこの風景はリューさんにとっては見覚えのあるものらしい。

お店の中に入っても魔王さんは立ち止まらずにすたすた進んでいくので、慌てて付いていくと、ようやく立ち止まったのは扉《とびら》の開いた個室の前であった。

食堂のように一つの部屋で皆《みな》が食事をするのではなく、一組ずつ個室で料理を提供するスタイルのお店らしい。

「ちょっと待ってろ」

私達が席に座《すわ》ると、そう言って魔王さんは一人で部屋を出ていった。ミャーさんはいつの間にか人の姿で席に座り、天井《てんじょう》に描かれた風景画を眺《なが》めている。どうやら、緊張《きんちょう》しているのは高級店に不慣れな私だけのようだ。


しばらく待っていると、魔王さんが戻ってきた。

魔王さんと一緒にやってきたのは——ええと、蛸さん？　それとも烏賊《いか》さんかな？　頭から蛸や烏賊を思わせる触手《しょくしゅ》が生えているが、身体は人の形をしているように見える。コックコートを着ているので皮膚《ひふ》は一切《いっさい》見えないが、ただの人が被《かぶ》り物《もの》をしているだけとは思えなかった。

「大変お待たせいたしました。私、『シュドメル』のオーナーシェフ、クトーと申します。この度《たび》は当店にご来館頂き、誠《まこと》にありがとうございます」

頭を下げた謎《なぞ》触手のクトーさんは、突然動きを止める。どこを見ているかよくわからない四角い目だが、顔の向きからしてリューさんを見ているように思える。

「おぉ、これはこれはレア様、お久し振りでございます」

「……覚えてんのか」

「勿論《もちろん》です。ハンナ様付き宮廷《きゅうてい》魔導士のレア様ですね」

両手を擦《こす》り合わせ、ニッコリと――たぶんだが――笑ったクトーさんは、外見に見合わない丁寧《ていねい》な所作でリューさんにお辞儀《じぎ》をした。

「なんだ、知り合いか」

「はい、魔王様。私がまだこの姿を頂く前に、お会いしたことがあります」

「ってことは、あんたはヴァルテル王国の関係者だったのか。悪いことしたな」

魔王さんがそう言うと、リューさんは意外そうな顔で言葉を返した。

「悪いって、どういう意味だ？」

「ん？　あぁなんだ、知っててお礼参りに来たわけじゃないのか。そりゃ良かった。ヴァルテル王族と交流してた当時の魔王だが、あれ俺からするとちょっと邪魔《じゃま》な位置に居た奴でな。手回して潰して貰ったんだよ」

小さく「ふぅん」と呟くリューさんの反応は、怒《いか》りでなく関心を示していた。

リューさんがそれ以上追及《ついきゅう》しないことに胸を撫《な》で下ろした魔王さんの代わりに、クトーさんが口――らしきところを開く。

「レア様もご存知《ぞんじ》と思いますが、当時はドタバタしていてご飯を頂き忘れまして。偶然近くに倒《たお》れていた方がいらしたものでしたから、つい……」

「食ったか」

「はい、美味《おい》しく頂きました」

クトーさんは、はっきりと答えた。案の定、食べた生物の知能を得るという特性を持つ魔物が、人を食べて人の知能を得た、ということだ。

ならば今の人のような身体は、その時のものだろうか。流石にニョキって生えたとは思えないし、そんな不思議生態だったらリューさんもちょっとは驚《おどろ》いたはず。

「ハンナ様は、今はいずこにおられるのでしょう?」

「とっくに死んだよ。何年前だと思ってんだ」

「おぉ……それは残念です」

クトーさんは、しょんぼりとした様子で顔を下げた。その動作は、少しだけオーバーな気はするが人のものと変わらない。これで魔物というのだから驚きだ。頭だけだった時代ならともかく、今は流石に食べれないな……。

私が食べれるか食べれないかという目で見ていることに気付いたか、クトーさんが両手を大げさに振って「食べれません、食べれませんからね」と弁明する。面白《おもしろ》い人だ。

そんな人間らしい仕草をしているクトーさんを、魔王さんが指さした。

「コイツは事後処理してる時に拾ったが、料理したがってたから覚えさせたんだ。したら元の人格の影響《えいきょう》か、凄《すご》い速度でプロ級の腕になってな。こうして街に住まわせてる」

「ふふ、恐縮《きょうしゅく》です。魔王様でなかったら、お店を持たせて頂くことなど出来なかったでしょうから。ええ、そのお陰《かげ》でレア様にも再会出来たことですし、私はなんと幸せ者なんでしょう……」

天を仰《あお》ぎ、手を合わせ、何かに祈《いの》るように目を閉じたクトーさんを見ていると、本当に魔物とは思えない。ちょっと顔が明らかに人じゃないけど、そういう種類の魔族って言われたらまぁギリギリ信じられそうだ。

「おっと、思わぬ再会に脱線《だっせん》してしまいました。それでは調理を開始しますので、しばらくお待ちくださいませ」

そう言って頭を下げると、クトーさんは部屋を出ていき、代わりに給仕《きゅうじ》の青年が何人か入ってきてテーブルを整えていく。

まず用意されたのは血のように赤黒いワインが数本と、つまみとなるチーズや乾物《かんぶつ》が数種類。普段はお酒飲まないけど、別に酔《よ》わないから飲んでもいっか。

給仕の青年がワインを注ごうとしたが、魔王さんが「良い、こっちでやる」と告げると、部屋を出ていった。確かに、サービスが行き届いているのは分かるがずっと部屋にいられると気が散りそうだ。

「答えたくなかったら答えないでも良いんだが、あんた、竜種《ドラゴン》だったりしないか？」

「……ハァ？」

魔王さんが手酌《てじゃく》でワインを注ぎながら軽い口調で聞いてくるので、リューさんは眉間《みけん》に皺《しわ》を寄せて返す。リューさんの迫力《はくりょく》に魔王さんは縮こまっちゃったけど、これは不機嫌《ふきげん》なんじゃなくて、ただ疑問を覚えただけの反応だ。

「あ、いや、昔に同期の魔王――バルディアって奴が、レオンティーヌって名の不死竜をスカウトしに行くだなんて世迷言《よまいごと》を語ってたのを思い出してな。あんたからはどことなく竜の魔力を感じるから、同一人物？　いや同一竜っていうのか？　と思ったんだ」

魔王さんの質問に驚いたのは、リューさんでなく私の方だ。

初めて会った時に鑑定《かんてい》して知った、リューさんの本名。それを呼ぶ人を私は見たことがなかった。ほとんどの人は魔竜《まりゅう》と呼ぶし、稀に違う呼び方をされる時も、大抵《たいてい》それより前の二つ名であったからだ。

リューさんは鑑定されたことは気にしてないのか、天井を見上げて答えた。

「あー…………バルディアって、アレか。竜人《ドレイク》みてぇな被り物したデカい奴」

「それだそれだ。あぁ、やっぱ来たのか。つーことは……」

「オレは人だ。竜じゃない」

「…………そうか。まぁ今ここに居るってことは、スカウトは失敗したってことだな」

「あぁ。あの頃《ころ》はまだ動けなかったからな」

魔王さんはその答えで満足だったのか、「ふぅん」とだけ言うと、ワインを水のように飲んで、それ以上追及しなかった。

そんな話を聞きながら意外に思ったのは、この魔王さんについてである。以前より第四階位魔王は弱いとミャーさんに教えられていたのだが、本当に噂《うわさ》通り弱いとなると、リューさんへの態度が不自然に思えるのだ。

リューさんは、正直結構威圧感がある。どう見ても強そうだし、慣れるまでは常に不機嫌に見えるくらいだ。

なのに、魔王さんは怒《おこ》ったリューさんに対して驚いたり怖《こわ》がったりするのに、普段の喋《しゃべ》り方《かた》が畏まったり恐れたりはしていないように思える。

食堂に来る冒険者の人は、大抵リューさんを見ると怖がる。自分が悪くない時でも、厨《ちゅう》房《ぼう》からリューさんが出てくるだけで皆目を逸《そ》らすし、関《かか》わらないように静かになる。

それは店の中だけでなく外でも一緒で、リューさんのことを知らない人でも目を逸らしたり避けて歩いている人も多い。なのにこの魔王さんはそうではないのだ。

「なーんとなく、ご主人の言いたいこと分かるよ」

私の様子に気付いたミャーさんが、珍《めずら》しく機嫌《きげん》良さそうにそんなことを言う。

「えっ⁉」

「なんでリューさんにビビんないのとか思ってるんでしょ」

「う、うん」

したり顔のミャーさんに頷き返すと、黙《だま》ってチーズを齧《かじ》っていた魔王さんが口を開く。

「は？　そんなの決まってるだろう。大抵の奴は、俺より強いからな」

「え」

「そいつがどのくらい強いかは置いといて、俺は基本的に誰相手でも戦えば負ける。なら一人一人にビビる必要なんてないだろ。リアクションの無駄《むだ》だ」

「あー、うん、そうなの……かな……？」

「まぁ戦闘《せんとう》になる前に全力で逃《に》げるがな。自慢《じまん》じゃないが、逃げ足だけは速いぞ」

「……なんか、そんな気はします」

納得《なっとく》出来そうで出来ない説明に困惑《こんわく》したが、なんとなく想像出来る。喧嘩《けんか》になる前に逃げ出している姿とか。

「たまーには居るのよ。自分強化せず配下の魔物とか迷宮ばっかを強化する魔王《まおう》」

いつの間にか魔王さんのワインを奪《うば》い取ったミャーさんが、手酌で自分のグラスに注ぎながら教えてくれた。私達の近くに置いてあるワインとは違《ちが》う銘柄《めいがら》に見えるけど、あれもしかして魔王さん専用の高いやつなのかな。

「ただま、そういうのは人族の冒険者には勝てるけど、魔王相手じゃ負けるのよね。どんだけ強い仲間が居ても、有限のＤＰリソースを複数に配分することには変わらないから。リューさんみたいにＤＰ無しで最初から強い人が居れば別だけど……」

ミャーさんの話を聞いた魔王さんは、リューさんを見て納得したかのように頷いた。

どのくらい強いか分からない相手が、魔王クラスの実力者だと知ってもこの反応――やはり随分と変わった人のようだ。

考えてみると、私は随分と恵まれている。私自身が弱くても、リューさんやミャーさんは最初から強いからだ。ＤＰはほとんど食材にしか使っておらず余りっぱなしなので、どっかでドバっと使っちゃいたい気持ちはある。

そういえば配下強化なんて機能あったなと思い出したが、リューさんが配下カウントなのか分からないし、リューさんのことだから「そんなの要《い》らねえ」って言われそうだ。

そんな話をしているうちに、再び給仕の青年が何人か部屋に入ってきた。お料理が出来たようだ。

普段滅多《ふだんめった》に入らない高級店の様式に少しだけ緊張しながら、テーブルの上にセットされていく銀食器やお皿を眺める。

「前菜をお持ちしました。左から――」

お皿に盛られた食材や調理法を説明されるが、右耳から入った言葉が左耳から抜《ぬ》けていく。これは緊張というより、説明のほとんどが理解出来ないのだ。時折食材の名に聞き覚えがあるのでなんとなくそこだけは分かるのだが、料理名や調理法が専門用語まみれでさっぱり分からない。

ほとんど聞き流してしまったが、魔王さんがフォークを手に無言で食べ始めたので、もう食べて良いんだなと判断し、私もフォークを手に取る。

まずは一番気になった、鮮魚《せんぎょ》のカルパッチョから。普段お店で使うことのないお魚だが聞き覚えはあったので、ＤＰ交換《こうかん》リストにあったはずだ。

「綺麗《きれい》……」

裏にあるものが透《す》き通るほど薄《うす》くスライスされた切り身にフォークを突き刺し持ち上げると、ぽろぽろと赤い光が滴《したた》るように零《こぼ》れ落ちた。ソースに混ざった魚卵《ぎょらん》だ。

ぱくりと一口。真っ先に感じたのは、鼻に抜けるピリリとした香味《こうみ》。辛みはほんの僅《わず》かで、レホールほどに辛くないが、僅かに辛みを感じるカルパッチョソース。

そして、肝心《かんじん》のお魚はというと、薄いのに噛《か》み応《ごた》えがしっかりとある白身魚だ。繊維《せんい》を断《た》ち切るように噛み締《し》めると、じわじわとお魚の持つ旨味《うまみ》が溢れてくる。

脂《あぶら》はほとんど乗っていないが、その分ソースに含《ふく》まれるオリーブオイルが油分を補い、優《やさ》しい甘味《あまみ》としっかりとした旨味を調和させてくれる。薄切りであるからこそ歯切れがよく、これ以上分厚く切ればガムのように噛み続けることになっただろう。

ソースに含まれる魚卵は彩《いろど》りだけでなく、噛み締めた時にぷちぷちと弾《はじ》ける食感を与《あた》えてくれるが、味はほとんど感じない。あえて味の主張をしない魚卵を使っているのだ。そうでなければ、ソースとお魚の調和を邪魔してしまうからか。

「お次は……何だっけ」

もう忘れちゃった。小さなココットに入った黄色いムースを手に取って、スプーンで少しだけ掬《すく》って口へ運ぶ。

――ふわっと広がるコンソメの香《かお》り。幾重《いくえ》にも折り重なった野菜の出汁《だし》は、肉類すら余分なものと排除《はいじょ》されたであろうと見当がつく。野菜のみで煮出《にだ》されたコンソメをジュレに固め、ムースの上に載《の》せたようだ。

黄金色《こがねいろ》に輝《かがや》くジュレは、野菜で作られた宝石のように光を反射し輝いている。

「綺麗だなぁ……どうやってんだろ?」

思わず作り方を気にしてしまうのは、きっと職業病だろう。なんとなく似たようなものを作ることは出来るかもしれないが、同じものを作るのは私には無理だと二品目で理解した。これは付け焼刃《やきば》の料理人が真似出来るような料理ではない。

お次はジュレと一緒にムースを食べると、トマトの酸味を感じ、バジルの香りが鼻に抜けていく。黄色いムースからトマトを連想出来なかったので、一瞬《いっしゅん》だけ脳が混乱した。

ひとまず、スプーンを置いて情報を整理しよう。ムースの原料は、トマトにバジル、玉ねぎだろうか。

スープのような食材の組み合わせだが、ゼラチンを溶《と》かし冷ましながら泡立《あわだ》てることによって、スープにはない不思議な食感が生まれている。

甘味や酸味はあるが塩味を感じないムースに対し、コンソメジュレは少々塩味が付けられている。この二つを一緒に食べることで、コンソメの中に入れると味の主張が強く調和しづらいトマトの味を、一つの料理として同時に楽しむことが出来るのだ。

私もお店で出す小鉢《こばち》は少し凝《こ》ってるつもりはあるけれど、ここまではない。あくまで組み合わせた時の口直しや追加のおかずくらいにしか考えていないので、このように一品として完成された前菜を作ることはない。

それは前菜から少しずつ提供していくレストランのフルコースと、注文されたものをまとめて提供する食堂というスタイルの違いもあるだろうが、フルコースの料理を考えるのと食堂の料理を考えるのでは、求められるレベルが違うのは明らかだった。

「こっちは……お肉かな」

次に手を付けたのは、お肉が使われたパテ。四角く成形されたそれにフォークを刺し入れると、さっくりと削《けず》り取れる。レバーとか言ってたっけ。

内臓部位であるレバーは嫌《きら》いではないが、普段は副材料として、更《さら》に濃《こ》い味で調理することが多く、このように一品の主役として使うことはあまりなかった。

フォークの先端《せんたん》に載せたパテをぱくりと食べてみると、想像以上に滑《なめ》らかな舌触《したざわ》りに感嘆の声が漏《も》れる。

「へぇえ……」

想像していたレバーパテと、全く違う味がした。ニンニクの香味に、胡椒《こしょう》やいくつかの知らない香辛料《こうしんりょう》、そこに加えられた優しいバターの香りは、内臓にありがちな生臭《なまぐさ》さを一切感じさせない上品な味わいである。

臭《くさ》みはなくとも、確かにレバーの味はする。次は多めに掬って口に運ぶと、最初は感じなかったかりかりとした歯触《はざわ》りを感じた。よく見るとパテはうっすらと層になっており、最初は上部だけを食べていたようだ。下部には刻んだクルミが含まれていたおり、香《こう》ばしいクルミの香りと程《ほど》よい食感が楽しくて、三口で食べきってしまった。

お水でなく赤ワインを飲みたくなったので数口含むと、口内に残っていたレバーの香りが流されていくのを感じる。これなら白ワインの方が合ってたかもな。

そして最後に残されたのは、何一つとして知っている単語が出なかったのでよく分からなかったもの。薄い糸状の衣を纏《まと》った、小さなボール状の揚《あ》げ物《もの》だ。

見たところ熱そうではない。揚げ物といったら揚げ立てで食べるのが美味しいと思っていたが、これはどういうことだろう。

見ると、ちょうどリューさんが一口で食べていたので、飲み込むのを待ってから聞いてみることにする。

「リューさん、それなんだった？」

「ん？　グルヌイユだろ」

何を当たり前のことを、と言わんばかりの顔で返されたので、首を傾《かし》げてしまった。

これは私が知らないだけで一般的な食材だったのかなと、次はミャーさんの方を見ると、ボール状の揚げ物を前にして、眉間に皺を寄せていた。

「ご主人、グルヌイユって食用のカエルよ」

フォークを刺そうとしていた手が止まった。えっと、カエルってあの、ゲコゲコするあれだよね。あれって食べれるの？

「なんだメレミャーニン、お前猫《ねこ》の癖《くせ》にカエルも食えないのか？」

「いやー、食べれないわけじゃないけど……っていうか猫の癖にって何よ。猫ってカエル食べるの？」

魔王さんは「知らん」と返すと、一口で食べていた。

確かにミャーさんは猫だけど、人のご飯食べるからね。ただ普段《ふだん》はおやつのような軽いもの以外猫の姿で食べることはないけど、私と会う前はどうしてたんだろう？

「……クロエ、お前虫は良いのにカエルは駄目なのか」

リューさんに呆《あき》れ顔で言われたが、むしろ、こっちの方が意外だよ。リューさん虫料理一切食べないのに、さっき全く躊躇《ちゅうちょ》することなくカエルの揚げ物食べてたよね。

しかし、怖いからってこれだけ残すわけにはいかない。意を決してフォークを突き刺し、口の中に放り込んだ。

もしゃり、もしゃりと音を立て、麺状《めんじょう》の衣が口の中で解けていく。軽い衣を砕《くだ》く食感は普通《ふつう》の揚げ物とは違って楽しいけど、中にあるのは――

「ん、んー……？」

カエルを食べたことがないので、味を想像していなかった。

しかしどうだろう、いざ食べてみると、近いのは筋肉質な鶏肉《とりにく》だろうか。忌避《きひ》感を抱《いだ》くようなゲテモノっぽさは一切ない、随分とシンプルな肉の味であった。

ただ別に不味《まず》いわけじゃないけれど、これなら鶏肉でも良いかな、とか考えてしまう。でもそれって、リューさんに虫料理を振舞《ふるま》った時と同じなんだろうな。リューさんからしたら、なんで他の食材があるのに虫を食べるのか分からないのだ。

このカエルの揚げ物は、メイン食材の味がシンプルな分、見慣れない麺状の衣や、下に敷かれたバターソースの味を楽しめる。鶏肉じゃ駄目な理由は分からなくとも、これはこれでちゃんと美味しい料理であることは間違《まちが》いない。

さて、ようやく前菜を終えワインに手を伸ばすと、すぐにお皿や銀食器が片付けられていく。そしてすぐさま新しいものが用意されていくので、ゆっくりと食べているはずなのに落ち着く暇《ひま》もない。

そこからも怒涛《どとう》の展開であった。根菜をすりおろしたポタージュが出てきたり、魚料理と肉料理は、どちらも知っている食材のはずなのに未知の味がして驚いた。そこで料理が終わるわけではなく、サラダにデザート、そしてデザートとは別にフルーツの盛り合わせまで来ちゃって、質だけでなく量でも満足感が溢れてくる。

お腹《なか》はいっぱいのはずなのに、一つ一つ細かい飾《かざ》り切りを施《ほどこ》されたフルーツの盛り合わせからオレンジを摘《つ》まんでみると、さっぱりして美味しいので手が止まらない。品種を聞いておけば良かったなと考えていると、魔王さんが口を開く。

「で、どうなんだ？　食堂からスタートするってのは。俺《おれ》は宿場からなんだが、初めの方は常連一人増やすのも大変だったんだよな」

突然《とつぜん》振《ふ》られた話が思ったより直球だったことに驚いて、リンゴを口に運ぼうとしていた手が止まる。この渦《うず》みたいな皮のカット、どうやってるんだろうなぁ……。

「……魔王さん、私達の食堂のこと知ってたんですか？」

「そりゃそうだ。俺と同じようなことをしてる奴を見たのは初めてだからな。気にするに決まってる」

「そんな珍《めずら》しいんですね」

「珍しいも何も、普通の魔族には、俺やお前のような迷宮《めいきゅう》の使い方は出来ないからな」

魔王さんは、私と話す時だけやけに早口だし目を逸らしてくるから、こうして話していてもちょっと気弱そうな普通の男の人にしか見えない。だって偉《えら》い人って、見るからに偉そうな雰囲気が出るものなのに、魔王さんからは一切そんな雰囲気を感じないのだ。

それを言えばミャーさんだってとても偉い人には見えないが、代わりにはなんというか、余裕《よゆう》のようなものを感じる。威厳がなくとも余裕があるとないとでは大違《おおちが》いなんだなと、私は今更《いまさら》知った。

ただ、先程の魔王さんの発言に、少しだけ気になることがあったので聞いてみる。

「一つ、教えてください。自分と同じというなら、どうして魔王さんは人族の街を侵略《しんりゃく》するんですか？」

この人の性質は、恐《おそ》らくかなり人族寄りだ。私と同じように普通でない出自を持つ魔族というのが原因だと思うが、ならばどうして魔王らしくするのだろう。

以前から、ミャーさんやリューさんに教えて貰っていた。魔族領のうち7割ほどはたった二人の魔王の領地なのだと。そのうち半分以上がリューさんと因縁のある第三階位魔王、残りが今話している第四階位魔王、レスタンクールである。

迷宮魔族がＤＰを貯《た》めることが出来るのは、迷宮で外敵を追い出した時だけだ。迷宮の範囲《はんい》を街一つまで拡大してそれを運営しているのは本当に凄いことだと思うけれど、それと他国への侵略は噛み合っていない。

だって、人族の国や街を手に入れたところで、そこが迷宮でない以上、その国の出入りでDPが溜まるようになるわけではないからだ。

「まぁ、そう見られるのも仕方ないな」

魔王さんは小さく溜息《ためいき》を吐《つ》くと、グラスに残ったワインを飲み切り、空になったグラスを眺めて言う。

「少なくとも、俺は元の治世より悪くしてるつもりはない。人だって最低限しか殺してないし、自治権までは奪ってないからな。国王なり領主の地位を貰ってるだけだ」

「……でも、そこが魔族領になることに変わりありませんよね」

嫌《いや》な言い方をしていると、自分でも分かる。けれど、どうしても知りたかったのだ。私と同じように戦わない迷宮を作っておきながらも、私にはない思想に至った理由を。

「それはそうだ。だからまぁ、一言で言えば――飽《あ》きたんだ」

「……はい？」

「一つの街を完成させることに、飽きた。たぶんどこの魔王も少なからず同じようなことを考えてるはずだ。自分の描いた理想の迷宮を作っても、その時には知名度が上がり実力もついて、馬鹿《ばか》な冒険者《ぼうけんしゃ》は滅多《めった》に来なくなる。その分一人一人から回収出来るDPも増え

るから収支はプラスになるが、昔ほど楽しめなくなる。死なずに生き続けるってのは、まぁ定命には分からんだろうが、……そういうもんなんだ」

「……だから、侵略するんですか」

「あぁ。魔王なら魔王らしく、新しい遊び場を見つければ良いだろう？　それが宿場から街になって、国になって、領地になった。ただそれだけの話だ」

小さく微笑《ほほえ》みながらそう説明され、私は納得してしまった。

あと10年や20年食堂を続けることは出来るが、じゃあ１００年、いや１０００年間続けられるかと問われれば別だ。私の寿命《じゅみょう》はいつまで続くか分からない。もしかしたら一生死なないかもしれないのに、一つのことを飽きずに続けることが出来るのだろうか。

――否。そんなの、不可能だ。私はきっと、そこまで忍耐強《にんたいづよ》くない。

「ミャーも似たようなものねー」

「……ミャーさんも飽きたら犬になったりするの？」

「いやそれはないと思うけど……」

どうやら違うっぽい。でもミャーさんは人のままでもなんとなく猫っぽいし、確かに他の動物には向いてなさそうだ。なんでミャーさんだけ動物前提で考えてんだろ。

「飽きたら世界征服《せいふく》でもしそうだな」

リューさんがボソリと呟いたが、魔王さんは「それも悪くないな」と平然とした顔で返す。どうやら、そのくらいは想定の範囲内《はんいない》であったらしい。

この人は強くないはずなのに、どうしてか大言壮語《たいげんそうご》に聞こえない。きっと、自分のやりたいことは成《な》し遂《と》げられると信じているのだ。それが魔王というものなのだろうか。

「俺は他人になんと言われようとも生き方を変えるつもりはないし、お前の道を阻《はば》むつもりはない。むしろ、出来ることなら応援《おうえん》してやりたいとも思ってる」

「……どうして、ですか？」

先輩《せんぱい》に話を聞きたい気持ちは、確かにあった。けれど、不可能とも思っていたのだ。気軽に会える存在ではないはずだし、そもそも魔王さんにとって私は、自分を蹴落《けお》としかねない存在である。未来の競争相手であって、仲間ではない。なのに、どうしてここまで話してくれるかが分からなかった。

「確かに俺とお前は面識もないし、今日知り合っただけの他人だ。だが、進む道は一緒だろう？　俺が先を行くならば、先導すべきだと考えた。それだけのことだ」

「…………」

「難しいこと言ってるけど、初めて後輩《こうはい》が出来たからはしゃいでるのよ、この人は」

「なるほど！」

ミャーさんに言われて、ようやく納得出来た。魔王さん、なんか難しいことばっか喋《しゃべ》ってるのに全然リューさんが解説してくれないんだよ！　いつもはすぐ教えてくれるのに！

「……まぁ解釈《かいしゃく》は自由だ」

そう言って今日一大きな溜息を吐いた魔王さんは、全員が食事を終えるまで待って席を立つので、慌《あわ》てて呼び止める。

「あ、あの！」

「何だ？」

「今度、お店に来てください！　頑張《がんば》っておもてなしします！」

勇気を込《こ》めて伝えると、魔王さんは小さく笑ってこう言った。「考えとくよ」、と。

その後は、魔王さんと入れ替《か》わりで入ってきた給仕の青年に会計は要らないと言われたので、三人でそのまま店を出た。

そして宿に入り、水を飲むことも忘れるほど集中して、今後の計画について夜遅《よるおそ》くまで話し合ったのだった。

＊

「はぁあああ…………」

店を出た俺は、助走をつけて蝙蝠《こうもり》に変化し、不可視の監視塔《かんしとう》に飛び込むと変化を解いて大きな溜息を吐いた。心臓は強く脈打っている。死を前に、なんとか逃げ切ることの出来た高揚感《こうようかん》、何を偉そうなことをと言われかねないアドバイスをしてしまった羞恥心《しゅうちしん》が溶け込んだ溜息は、すぐさま現れた腹心のエルに拾われる。

「お疲《つか》れ様《さま》です、魔王様」

「マジで疲れた……なんだよあれ……」

どこからともなく現れたエルを見て、ようやく落ち着いてきた。こいつが傍《そば》に居れば、たとえ相手が魔王であろうと、まぁすぐには死なないで済むからだ。

とはいえ、連れていく場所には困る。市井《しせい》に知名度の低い俺はともかく、幹部として表立って活動しているエルの姿を知る者は多い。一緒に歩いてるだけで、エルが畏《かしこ》まってる相手なんて魔王くらいしか居ないと馬鹿でも勘付く。

「つーかあのちっせー魔族の女、お前のアレ、持ってたぞ」

「アレとは、何のことでしょう？」

「『魔王の呪《のろ》い』だよ。捨てたんじゃなかったのか？」

見てはならなかったものの正体。それは、歴代魔王を度々《たびたび》呪い、宿主を糧《かて》として無制限に成長するという、数百年前に失われたはずの生きた呪いだ。

だが、以前見たものとは比べ物にならないほど邪悪《じゃあく》に育っている。一体あの中で何が育っているか、考えるだけで恐ろしい。

無害そうな少女の外見《ガワ》は、どう考えてもまやかしだ。あれが中に飼っているのは、間違いなく魔王の呪いだけではない。それと同等、いやそれ以上の何かを貯め込んでいた存在に行きついた魔王の呪いは、それを糧とし育ち続ける。

勝つとか負けるとか、あれはそういう類の存在ではない。懐《ふところ》に取り込みたくはないが、敵側だと最悪だ。出来る限り離《はな》れたところに居てもらいたいが、目の届かないところで何をするかも分からんから、付かず離れずの距離《きょり》をキープしておくのが最善と考えた。

エルは眉間に皺を寄せ思案していたが、「おかしいですね」と口を開いた。

「あれはウォーレンに押《お》し付け……いえ、渡《わた》したつもりでしたが」

「つーことは何だ、ウォーレン死んだか？」

「いえ、存命かと」

「……生きたまま剥《は》げるモンだったのか？」

「どうでしょう。少なくとも私には出来なかったので、殺されてみましたが」

当然、普通の魔族は一度死んだら終わりだ。

だが、全《すべ》てには例外がある。呪われた者や、転生した者、自己蘇生《そせい》能力を持っている者に、多額のＤＰを使い交換した、蘇生薬を飲まされた者。

「……あれに、お前は勝てるのか？」

「不可能です。何せ私は、ウォーレンにも負けた男ですから」

自嘲《じちよう》気味に笑うエルは、確かに魔王同士の争いでウォーレンに敗れたことで魔王の座を奪われている男だ。

だがしかし、エルの現役《げんえき》時代を知っている俺は、まさかこいつがウォーレンごときに負けるとは思っていなかった。

当時駆《か》け出し魔王でしかなかったウォーレンは、エルという大物食いに成功したことを契機《けいき》に急成長を遂げ、たった数百年で誰《だれ》も勝てないほどの強者に上り詰《つ》めた。そして今もまだ、他を圧倒《あっとう》する速度で成長し続けている。

エルを倒してからのウォーレンは、若手魔族を配下に加え大派閥《だいはばつ》を作り、人類を明確に滅《ほろ》ぼそうとしているバートウィッスルの歯止めとなっているほどだ。


――もしも、エルにそこまで見えていたのだとしたら。

この大男は、とんだ食わせ物だ。
自分が負けること、勝った男がそれを糧に育つこと、それによって大勢力を作り上げ魔族領のバランスを整えること、更には俺が配下に加えるために蘇生させることまで予測した上で負けていたのだとしたら。

かつて、顔を出さぬ第一階位を除けば最強の位置に上り詰めた男、エルヴァスティ。衆愚大帝《しゅうぐたいてい》を名乗っていた彼《かれ》は敗北を機に名を返上し、迷宮を持たぬただの一魔族に成り果てた。しかし魔王でなくなっても、かつての実力は衰《おとろ》えていない。

歴代最弱の魔王と、かつて最強であった魔王。
そんな二人が塔《とう》から見下ろす先には、猫の姿をした魔王と、竜《りゅう》のような女、それに加え、恐ろしき呪いの塊《かたまり》が歩いていた。

好敵手成り得るか

ヘレヴィリアは、大陸との交流がほとんどない島国である。

元は数千年前に大陸から移住した人々が興《おこ》した国であり、かつて大陸を支配していた王族や貴族といった特権階級は存在しない。

支配する海域は広いが国土は狭《せま》く、大陸国家と比べると住民も多くはない。しかし古くから内紛《ないふん》を繰《く》り返してきた歴史があり、ここ数百年大乱が起きていないにも拘《かか》わらず、男は皆《みな》いつでも戦えるよう鍛《きた》え、女はそれを支えるのが常となっている。

そんな中、女でありながら武道家を目指す私は、異端《いたん》の者なのであろう。

――しかし、憧《あこが》れた人が居た。そのようになりたいと思った。故に私は、自らの理想に届くまで努力を惜《お》しむつもりはない。たとえ道半ばで命を失うとしても、それは私が未熟であったのだから仕方ない。女であったからとは、絶対に言ってなるものか。

「そういえば、ユーリ殿《どの》と外で会うのは初めてだな」

師範代《しはんだい》から認められた者には、都市から警邏《けいら》の仕事が与えられる。報酬《ほうしゅう》は然程《さほど》多いわけではないが、街の治安を守るために活動するのだと思えば悪くない。それに、選ばれるということは、実力を認められたという証なのだ。

「あー……」

夕刻まで盥《たらい》をひっくり返したかのような雨が降っていたが、今は地面がぬかるんでいる程度である。そんな月明りすらない深夜に、影《かげ》を縫《ぬ》うように歩く男が居た。

もしも人通りがあったとしても、このような暗闇《くらやみ》で男の存在に気付ける者は少数であろう。光を通さぬ黒い服に身を包んだ男は、人の視線を、家々から漏れる僅かな光を、雲の切れ目から注ぐ星明りを、その全てから避《さ》けるように、物音一つ立てず動いていた。

「どうして分かったかなぁ」

私がどうして気付いたのかと言えば、それは――

「勘《かん》だ」

「……勘かー。素人《しろうと》に見つかるわけがないんだが……」

「では、私が素人ではないということだな」

そう、勘である。なんとなく、そこに誰か居る気がしたから目を向けた。すると弛緩《しかん》していたはずの空気が一瞬だけ揺《ゆ》らいだ。故に、そこに彼――食堂の常連である、ユーリが居ると分かったのだ。

存在を認識《にんしき》してしまえば、もうそこが暗闇かなど私には関係ない。目を覆《おお》ったまま戦う訓練なら随分《ずいぶん》前からしている。気配だけで攻防《こうぼう》を行う程度なら、武道家としての基本的な動作の一つに過ぎない。

「観光でないのなら、ここを通すわけにはいかないな」

「……そこをなんとか」

「断る」

彼の口調は、食堂で会った時と変わらない。だが、醸《かも》し出す気配の差は歴然だ。

まるで、今から殺しでもしようとしているかの如く、濃密《のうみつ》な死の気配を漂《ただよ》わせている知人を見かけ、声を掛《か》けないわけにはいかないだろう。

警邏の任を受けた者は皆、最近とある一族に不審死《ふしんし》が相次いでいると報告を受けている。表沙汰《おもてざた》にはされていないが、外部犯による殺しであることは間違いないらしい。

それにより警邏の数は増え、普段はこの地区を担当していない私が駆り出されることになっていたのだが、そこで、偶然《ぐうぜん》にもここに居ないはずの知人に遭遇《そうぐう》してしまった。

――あぁ、嫌だ嫌だ。恩人であるはずの人間を、本気で殴らないといけないとは。

「――――フッ!!」

神速一閃《いっせん》。一歩で距離を詰め、動きを止めずその勢いを肩《かた》に連動させる。

呼吸を奪い拘束《こうそく》をして、後から尋問《じんもん》でも謝罪でも何でもすればいい。

軸足《じくあし》が強く踏《ふ》み込んだ地面は夕刻のぬかるみから陥没《かんぼつ》するように沈《しず》むが、威力《いりょく》が衰えることも速度が落ちることもなく、掌底《しょうてい》はユーリの鳩尾《みぞおち》に突《つ》き刺《さ》さる――

「つぶねぇ！」

が、彼は避けた。見てから避けたのでは間に合うはずがない。視線からして初速を追えたとも思えない。長い袴《はかま》は足の動きを隠《かく》し、鍛え上げられた速筋の爆発力《ばくはつりょく》は素人に見切られるものではない。今の攻撃《こうげき》は、ただ速いだけではないのだ。

しかし、彼は避けた。掌底が突き刺さるその瞬間《しゅんかん》まで私の動きを認識してすらいなかったはずなのに、どうしてか私の掌底は空を切る。

「問答無用か」

「……やはり、素人ではないな」

以前から予想はしていた。普段の立《た》ち振《ふ》る舞《ま》いがただの町人のものでも、歩き方、立ち方、座《すわ》り方、息の仕方、それらが全て、鍛え上げられた人間のものと酷似《こくじ》していたからだ。

無意識の癖というのは、鍛えれば鍛えるほど隠せないものとなる。だが、あの食堂には彼だけでなく、大勢の強者が集っていた。彼一人が特別なわけではないのだと、見て見ぬふりをしていた。だが、それは私の思い違いだったようだ。

「ますます、逃がせんな」

どうして避けられたのか分からなければ、息の続くまで攻《せ》め続けろ。相手が何をするか分からなければ、何があろうと受けに回るな。師範《しはん》にそう教えられていた私は、手を伸《の》ばせば届く距離のユーリに対し、よく見えるよう手刀を繰り出す。

当然、避けられた。しかし側頭部狙《ねら》いの手刀は、玄人《くろうと》ほど最低限の動きで躱《かわ》そうとする。足を動かすことなく顔を仰《の》け反《ぞ》らせるか屈《かが》むか、それとも腕《うで》を掴《つか》んでくるか。

ユーリの回避《かいひ》行動を確認《かくにん》し、遅《おく》れて靡《なび》く服の裾《すそ》で私の動きが追えなくなった瞬間、前蹴《まえげ》りで股間《こかん》を狙った。

並の相手なら、これで終わる。男の急所は、露出《ろしゅつ》しすぎているからだ。一撃《いちげき》でも当ててしまえば、どんな大男でも動けなくなる。

しかし、脛がユーリの衣服に触《ふ》れた瞬間、彼は私の脚《あし》より速く跳《と》んだ。

「殺す気か⁉」

一瞬で腰《こし》あたりまで跳躍《ちょうやく》し、私が繰り出した足にひょいと着地したユーリは、驚愕《きょうがく》に目を見開いてそう叫《さけ》ぶ。

「そうでもしないと、止まらんだろう……ッ！」

驚《おどろ》く間もなく踏《ふ》み台《だい》にされた足を引き戻《もど》すと、足が地に着くのも待たず空中に残るユーリへ向け、軸足による上段蹴りを叩《たた》き込んだ。

空中だ。足の踏み場もない。無理に避けようとしても体勢を崩《くず》すはず。私の姿勢も最悪だが、そこに連撃を叩き込むくらいの余裕は――

「待――」

ユーリは言い切る前に動く。私の蹴り足に掌を向けると、彼は驚くべき行動に出た。

掌に足先が触れる――が、衝撃《しょうげき》が届くより前に、彼は曲芸師のごとく身体を捩《ね》じると、空中で逆立ちの姿勢になる。土台のない空中で、相手の攻撃を使って体を動かしたのだ。

掌に私の蹴り足が触れたのは、空気中の塵《ちり》に触れたかのごとく一瞬だ。触れた感触《かんしょく》すらないまま、私の蹴り足は空を切る。彼は空中で身体を回し姿勢を正すと、少し離れたところに着地する。

――が、着地の隙《すき》を見逃《みのが》すつもりはない。一撃で終わらせぬ連続攻撃。拳《こぶし》、手刀、距離を詰めて膝《ひざ》蹴《げ》り、踵《かかと》落《お》とし。振り下ろすと同時に頭《ず》突《つ》きへ繋《つな》げる。

が、全て空を切る。いや、正しくはほんの一瞬だけ触れていた。服や皮膚《ひふ》に、衝撃が伝わるより速く触れ、離れているだけだ。

避けられる。避けられる。避けられる。どれだけ連撃を続けても私の攻撃は当たらない。

当たらない。当たらない当たらない当たらない当たらない当たらない当たらない――――。

「はぁ……はぁ……」

無呼吸状態での連撃。時間にして凡《およ》そ三十秒程度だが、肺は呼吸を求めて身体の動きを無理矢理《むりやり》に止めてしまう。

「……そろそろ満足したか？」

「出来る、ものか……ッ！」

一撃も入れられなかった。ヘレヴィリアで道場を構える師範代クラスでも、私の連撃を受けるならともかく、こうも避け続けられることはない。だが彼が師範代以上の実力者かと思えば、分からない。私に一撃も入れてこないからだ。

荒《あら》く呼吸をすると酸素がまず頭に回り、動かぬ身体の代わりに思考を加速させる。

恐らく、根本から違《ちが》うのだ。正面から殴《なぐ》り合い、切り結ぶことを前提とした武道とは根底が異なる。彼の動きはまるで、一撃でも食《く》らったら終わりの世界で戦っているかのようだった。

「ひ、一つ、聞いていいだろうか」

「答えられることならな」

「……貴殿《きでん》は、どのような武術を学んでいるのだ？」

私が問い掛けると、緊張《きんちょう》していた空気が、一瞬にして緩《ゆる》むのを感じる。

何故《なぜ》ここに、何しにここへ、お前が犯人か——それらの言葉を飲み込んだ上で、私が聞いてしまったのは純粋《じゅんすい》な、ユーリという男への興味である。

「ぷっ」

吹《ふ》き出された。いや、うん、私も聞いてしまってからちょっと空気読めないなとは思ったが、何も笑うことはないだろう。真面目《まじめ》に聞いてるつもりなんだが。

「あ、いや、悪かった。武術——ってーと、ちゃんと学んだのは昔にこういうのをな」

彼は両手を広げ降参の姿勢になった——かと思えば、その両手にはいつの間にか巨大《きょだい》な針が現れている。光を吸収する材質の針は、掌ほどの長さに、指ほどの太さがある。

「暗器か？」

「そんなとこだ。で、こいつを——」

私は、瞬《まばた》きもせず針を凝視《ぎょうし》していた。が、目を逸《そ》らしもしていないのに、針はいつしか彼の手の中から消えている。

「……は？」

トンと小さな音が聞こえたので後ろを振り返ると、そこには壁《かべ》に半分ほどめり込んだ巨大針があった。

「投げた……のか？」

「あぁ」

「………どうして、それを先程《さきほど》使わなかった」

私は、投げる瞬間どころか、針が飛ぶところすら見えなかった。彼と私の位置関係からして、針は私の頬《ほお》の横すれすれを飛んでいたはずだ。なのに、壁に当たるまで私はそれに気付けなかった。速さだけでなく、タイミングの問題もあるだろう。瞬きの瞬間、耳が風音を拾った瞬間に放たれていたということだ。

そんな技術があるのなら、最初から使うべきだ。彼の本質は、打撃《だげき》をどんな姿勢からでも回避出来る特殊《とくしゅ》な体術などではなかったのだ。

「いやー、当たったら死ぬだろ」

「私は、殺すつもりで攻撃していた」

「あー、確かに股間《こかん》狙《ねら》いは男として死ぬな」

「…………」

半笑いで返され、言葉に詰まる。

ユーリにとって、私の攻撃は反撃する必要すらないほど遅《おそ》く、弱いものだったということとだ。それに気付いてしまった時には、息が整ったはずなのに、もう動けなくなっていた。思考がぐるぐると回り、何を言えば良いかも分からなくなる。

――結果。

「ひっく……ひっく……」

嗚咽《おえつ》が漏れる。何だこの無力感は。

武道家を志し、師範代に叩きのめされた時より悔《くや》しい。私は、鍛えたはずだ。警邏に選ばれるくらいには、武道家としてヘレヴィリアの上位に近づけたはずなのだ。

それなのに、暗器遣いに体術で負けた。これはもう、完膚《かんぷ》なきまでの敗北だ。

「ちょ、ちょっと待ってくれ、どうして泣く⁉」

「らってぇ……」

声にならない。涙《なみだ》が零《こぼ》れ、立っていられなくなる。私は弱い。絶対勝てないと感じてしまったのは生まれて初めてだ。何をしたら勝てるのか、どうやって鍛えたら勝てるのか、道筋が全く分からない。自分の全《すべ》てを否定されたような気がして、何をすればいいかも分からなくなってしまった。

「あー……どうすっかなぁ……」

彼は声を漏らすと、頭巾《ずきん》越しに頭を掻《か》く。私の涙はしばらく止まることはなく、皆が眠る深夜の街に、嗚咽が響《ひび》き渡るのであった。

＊

正直なところ、ヴァルマという名の女の実力は想像を超《こ》えていた。

身体を鍛えていることくらいは分かっていたが、「今すぐ反撃して殺せ」と脳内の警報が鳴り響く中、無理矢理《むりやり》回避《かいひ》に専念していたのは、正解だったのだろうか。

そもそも俺は暗殺者で、戦うという行為《こうい》そのものが専門外だ。にも拘わらず本職の攻撃を避け続けられた理由は、ただ一つ。

──この女が、スキルも魔術《まじゅつ》も、純粋な体術以外の何も使ってこなかったからだ。

「……そろそろ立てるか？」

「たてる……」

涙も枯《か》れ、しばらく前から嗚咽も漏らさなくなったヴァルマに手を伸ばすと、彼女《かのじょ》は涙目でこちらを見てから手を取った。

自分の攻撃が通用しないのが、よほど悔しかったのであろう。戦闘《せんとう》が終わってからここまで、大体三十分くらい経《た》ってしまっている。予定時間を完全にオーバーした。正直状《じょう》況《きょう》は最悪だが、姿を見られた以上放置して立ち去るわけにもいかず、待ってしまった。

ギルドになんて報告するかなぁなんて考えながら手を引くと、ヴァルマは叫ぶ。

「隙ありッ！」

手をがっちりと完全に握《にぎ》られ、俺の回避を抑制《よくせい》した上で顔面に直拳を繰り出してきた。

流石《さすが》に油断していた――が、顔に当たる寸前にスキルが発動し、首をごきりと変な方向に傾《かたむ》け回避に成功する。

「いでぇッ！　何すんだいきなり⁉」

「………………悪かった、つい手が」

ぷいと顔を逸らしたヴァルマは、そうは言っても握り込んだ俺の手を離そうとしない。

俺は無理な回避で首が痛い。死ぬほど痛い。今日一の痛みだ。

つーか握力《あくりょく》何キロあんだこの女。マジで人間か？　俺の手、今にも折れそうなんだが。

さっきのは演技だったのか？　いや流石に演技で三十分泣く女は居ないか。じゃあなんだ、本当に隙があると思って攻撃してきたのか？

いやいやいやいや、隙なんて最初から今に至るまでずっとあったはずだろ。今更感じるものじゃないだろそれは。

先の戦闘での回避は、思考と肉体を加速させる身体強化魔術『加速《アクセラレート》』と回避スキル

『絶対回避《エクセル・アヴオイド》』の合わせ技だ。純粋な体術や動体視力による回避とは、断じて違う。攻撃《こうげき》を目で追えるかなんて関係ない。肉体にどれだけ負荷《ふか》を掛けても回避するというパッシブスキルを、身体強化魔術で補っているのだ。

負荷の方向性を間違えれば、自ら骨を砕いてしまい攻撃を喰《く》らうより自傷ダメージの方が多くなるほどの挙動を強《し》いられる、デメリットの大きい回避スキルである。

何故そんな組み合わせを選んでいるかと言われれば、意識外からの攻撃を避けるためである。遠距離《えんきより》攻撃動作に入るとどうしても周囲に意識を向ける余裕がなくなってしまう。そこを狙われれば、一流の暗殺者といえど無防備だ。殺意を消し姿を隠した相手からの攻撃を避けるには、多少のリスクを負う必要があった。

「……帰って良いか」

「どこかへ行くつもりなら、この手を二度と離さんぞ」

「いやトイレとか行く時どうすれば良いんだ」

「…………我慢《がまん》しろ」

「無茶《むちゃ》言うな」

いやなんだこの女。ほんと無茶苦茶《くちゃ》言ってくるぞ。

俺の握力じゃこの状況で手を引き剥がすことなんて出来ない。『絶対回避《エクセル・アヴオイド》』はこんな状況でも発動するが、ただでさえ無理な挙動を強いてくるスキルに物理的な拘束が加わると、いくら魔術で補佐《ほさ》しようが首が折れかねん。俺はスキルで自殺したくはない。

「……えーと、じゃあ、逃《に》げないから離してくれ」

「本当にか？」

「本当にだ」

まさか信じてもらえるとは思えなかったが、ヴァルマはぱっと手を離した。あー痛かった。指ちゃんと付いてるよな？　小指とか感覚ほとんどないんだが。

あっさり拘束を解かれたので脱兎《だっと》のごとく逃げることは出来るのだが、これで逃げたら今度食堂で会った時怖《こわ》いんだよな。常連に会いたくないからって食堂に行くのをやめるつもりなんてさらさらないし、ここはなんとか穏便《おんびん》に済ませたいところだ。

「えーと……」

何を言えば良いか浮《う》かばず声を漏《も》らすと、遠くから悲鳴と喧騒《けんそう》が聞こえてきた。

「ん？　何かあったか？」

「あの方角は――黒王派の屋敷《やしき》か⁉」

「コクオー？　あー……」

そういえば、暗殺対象についての資料に書いてあったっけ。コクオーは、国王じゃなくて黒王《コクオウ》だ。ヘレヴィリアに古くから続く武道家の一族だが、今では国の中枢《ちゅうすう》に納まる大物政治家を輩出《はいしゅつ》する家系になっている。

黒王派の政治家、アルマス・ルゥ・アラヤという名の男が今回の標的であった。

「……ユーリ殿では、ないよな」

「いくら何でも、この状況なら無実を主張する」

「…………」

騒動《そうどう》の原因は知らない。本当に知らないのだ。俺《おれ》の所属する暗殺者ギルドは一人の標的に複数の暗殺者を派遣《はけん》することはないので、これはギルドに関係のない騒動である。

「一先《ひとま》ず、向かうか……」

ヴァルマは、重い足取りで喧騒に向かっていく。このままなら逃げられるとも思ったが、後で文句を言われそうなので黙《だま》って付いていくことにした。

現場に辿《たど》り着いた時には、案の定全てが終わった後であった。

悪徳政治家アルマスに娘《むすめ》を強姦《ごうかん》された父親が、冒険者から買い取った剣《けん》を持ち屋敷に乗り込み、暗殺というには少々派手すぎる騒動を起こしながらアルマスを殺害したという話を周辺の警邏から聞いたことで、本当に俺の無実が確定したのである。

今更《いまさら》一人殺さずに済んだことで得をしたと思うこともないが、俺が正真正銘《しょうしんしょうめい》の無実と知ったヴァルマの狼狽《ろうばい》を見れただけで、儲《もう》けものだと思うことにしよう。

結局暗殺は失敗したがターゲットが死んだので、俺の依頼《いらい》達成率に傷がつくことはなかった。それが良かったと喜ぶべきなのかは、分からなかったが。

＊

「……で、やっぱりここか」

「ここ以外で上等な店を知らないのでな」

謝罪をしたいというヴァルマに対し、突っぱねようとも思ったが今後の関係を悪化させないため受諾《じゅだく》すると、食事を奢《おご》ると言われたのでなんとなくここだろうなーと思っていたが、案の定 迷宮《めいきゅう》食堂に連れていかれた。

どうやらヘレヴィリアにおいては開店の周期が規則的らしく、翌日には食堂を訪《おとず》れることが出来た。アクセスの悪い島国だが、そこだけは正直羨《うらや》ましい。

茅葺《かやぶき》屋根と呼ばれる草を原材料とした屋根を持つその食堂は、他の建物と比べても少しだけ古臭《ふるくさ》い。しかしメンテナンスはされているのか、土壁《つちかべ》の傷には修復痕《あと》がある。

いつもと随分違《ずいぶんちが》った食堂の外観に僅《わず》かな違和感《いわかん》を覚えながらも入店すると、見慣れた店内がそこにあった。猫《ねこ》は――起きてる時間か。ゆっくりと店内を歩き回っていた。

二人で適当な席に着くと、ヴァルマは腕を組み自慢《じまん》げな表情で言う。

「好きなものを頼《たの》んでくれ」

「いや言われなくても毎回好きなものしか食べてないが……」

温度差が凄《すご》いのは、俺は今回何もしていないにも拘《かか》わらず、依頼達成の報酬をギルド経由で受け取ってしまっているからだ。無論そんなこと言えるわけもなく、こうして馴染《なじ》みの食堂で奢られることになったのだが、まぁ経緯《けいい》はおいといて食事を楽しむか。

「……おい、まさか」

看板猫に質問をしているヴァルマが、覚悟《かくご》を決めた顔をしている。

「――日替《ひが》わり釜《かま》めしを、一つ」

「しょ、正気か……⁉」

彼女と最初に会ったあの日を思い出す。店内で少々騒動を起こした彼女を止めるため、中から冒険者に魔竜《まりゅう》と呼ばれる恐《おそ》ろしい女が出て来て空気が凍《こお》り付いた日のことを。

あの時、ヴァルマが注文したのは鯛《たい》の釜めしであった。そんで、食ったら突然《とつぜん》ぶっ倒《たお》れた。どうやら旨《うま》すぎて意識を失ったらしい。何だよそれは。

それきりこの食堂では好物である魚料理を頼まないようにしていたらしいが、どうしていきなり注文しようと思ったのか。

「いや、ユーリ殿が居れば倒れても問題なかろう」

「問題大ありだ！　飯食っただけで倒れんなよ⁉」

「……それは私に言わないでくれ」

「お前に言わなくて誰に言えば良いんだ……⁉」

しかし、注文が通ってしまった以上仕方ない。

以前メニューにあった鯛の釜めしはメニューから消えていたが、代わりに入った日替わり釜めしも具材の魚介率《ぎょかいりつ》が高いことを常連から聞いている。先程《さきほど》釜めしの具材を確認していたようだから、ほぼ間違《まちが》いなく魚だ。ということはこの女、ぶっ倒れる前提で注文しやがった。俺はどうすればいいんだ。

「……俺も釜めしを」

メンタルケアのため食べ慣れたプロフに逃げたい、というか最近滅多《めった》なことではありつけないこの店の甘味《かんみ》を口にしたい気持ちはあったが、食べただけで気絶するほどの料理というのは素直《すなお》に気になるので、注文しておくことにした。まぁ、この女以外でそんな奴《やつ》を見たことはないので、この女が変なだけなのは間違いないが。

料理待ちの間しばらく雑談していたが、昨日の話題に移った瞬間、突如《とつじょ》苦い顔になったヴァルマが聞きづらそうに口を開く。

「……ユーリ殿は、どうしてあぁも強くなれたのだろうか」

「強い？　……俺がか？」

ヴァルマはコクリと頷《うなず》く。

そう言われても、心当たりといえば昨日の戦闘くらいだ。しかし俺は、暗殺者ギルドに所属している者の中でも、徒手格闘《かくとう》術の実力は下位に属するはずだ。

依頼達成率が誰よりも高いのは、ひとえにスタイルの問題である。

標的に察知されるような状況を選ばず、いかなる強者であろうと無防備になる瞬間を待ち、限界まで遠くから暗殺する。数よりも質を優先しているうちに、いつの間にか指名依《い》頼《らい》が増えただけのこと。

だから、そんな俺に一撃も与《あた》えられなかったこの女の実力が俺より下かと問われると、そうではない。そもそもの鍛《きた》え方《かた》、考え方、戦い方が違うのだ。鳥と魚が陸上で徒競走をするようなものである。

「信じられないかもしれんが、俺の実力は大したことない」

そう伝えると、ヴァルマは突如胸を抑《おさ》え「うっ」と小さく呻《うめ》いた。なんとなくこいつのこと分かってきたぞ。ここは心配する場面じゃないな。

「あの時に使ってたのは、身体強化魔術《まじゅつ》『加速《アクセラレート》』と、『絶対回避《エクセル・アヴォイド》』って回避スキルだ。俺からすると、あんたがスキルも魔術も使わない方が驚きだな。そんだけ鍛えてるんだから、ちょっと魔術齧《かじ》るだけで一気に化けるだろ」

「……魔術を、齧る？」

顔を上げたヴァルマが骨付き肉でも齧るのかというモーションを見せてくれたので、「違う違う」と否定する。

「身体強化の魔術くらいなら魔力《まりょく》少なくても使えるし、元の身体能力に補正を掛けるから鍛えてる奴ほど強くなれる。……いや待て、待て何だその反応は」

そこまで変なことを言ったつもりはないのだが、ヴァルマの反応は明らかにおかしい。まるで空想の話でもされているかのような、こちらを訝《いぶか》しむ目をしているのだ。

「あ、いや、その、魔術というものの存在は知っているのだが……」

「というもの？」

「使ってる人を見たことも聞いたこともないのだが、それは素人でも覚えられるようなものなのだろうか……？」

「…………は？」

いや待て、どういうことだ？　魔術なんて、数百、いや千年以上前からあるだろ？

魔力だってそうだ。大小あれど、人は皆持っているはず。それを使いこなせるか、適性があるかはまた別の話だが、生粋《きっすい》の戦士であっても身体強化の魔術くらい使うものだ。

が、どうやらこの女からしたら、俺は空想上の存在――それこそ魔法《まほう》の話か何かをしていると思われているらしい。

困惑《こんわく》したまま何を言えば良いか悩《なや》んでいると、ヴァルマが突然がばっと後ろを振り返る。

そちらは厨房《ちゅうぼう》だ。変なものなど――

「「…………」」

少し遅れてそちらから現れたのは、料理の盆《ぼん》を持った不機嫌《ふきげん》そうな女の姿。――魔竜だ。

確かに昼時で多少混雑してきた時間とはいえ、少女でも猫でもない魔竜が料理を配膳《はいぜん》するなど稀《まれ》である。しかし、そう思っているのは静まり返った店内にいる他の客だけでなく、驚愕に目を見開く店員二人も同じのようだ。

「わ、私は何もしてないぞ⁉」

真っ先に口を開いたのはヴァルマだった。半泣きになりながら魔竜に弁解する。

魔竜は雑な動作で料理を俺達《おれたち》の机に並べると、睨《にら》んでるのか普段《ふだん》通りなのか分からない目でこちらを見て言う。

「あー、これ注文したヤツな。んで、お前ヘレヴィリアから来ただろ」

「い、いかにも」

「ヘレヴィリア、――厳密には黄都外壁《がいへき》より東に生まれる奴らは、魔力がねえんだよ」

「「黄都？」」

「……今なんて呼ぶのか知らねえ。おい天眼《てんがん》、説明出来るか」

魔竜が巨大な丼《どんぶり》をかっ込《こ》んでいた天眼に声を掛けると、いきなり話題を振られた天眼が米を吹き出しそうになった。魔竜が配膳をするという異常な状況で黙々《もくもく》と食事を止めないでいられたのは天眼くらいのものだ。他の奴は固唾《かたず》を呑《の》んで見守っていた。

「聖都アルファイム、なら伝わるだろうか」

グラスの水を一気に飲んで米を流した天眼が、口元を拭《ぬぐ》いながらそう言った。

「確か、何百年か昔にあった巨大な街だったたか？」

「あぁ。魔王《まおう》バ――、いや、魔王に侵略《しんりゃく》されて滅んだ街だ。昔はアルファイムに大結界が張られており、そこから東に魔族が侵略するのを防いでいたと言われている」

「……それと魔力に何の関係が？」

「魔力とは、古の人族が魔族に抗《あらが》うため、魔族固有の概念《がいねん》因子『魔素《マナ》』を体内に貯蔵出来るようにしたものだ。つまり、長年魔族の侵略を受けず、魔族と接点のなかった島国の住民は、それを持たないが故に魔術を使えない――と、魔竜は言いたいんだろう」

「あー、大体そんな感じだ。助かった」

「「……なるほど」」

魔族以前に、大陸とヘレヴィリアにだってほとんど交流はない。唯一《ゆいいつ》の移動手段である船では三日かかり、大陸とは全く違った文字を使う異民族が住む島国である。

そんなところにも依頼があれば行かなければいけないのが俺のような仕事の人間だが、詳《くわ》しいことは知る必要がなかったので今初めて知った。これでも三回目くらいの渡航《とこう》なんだけどな。

「で、魔力の代わりに『気』とかいうのがある。後はその女のが詳しいだろ」

それだけ言って満足したか魔竜が厨房に戻っていくと、しばしの静寂《せいじゃく》が訪れる。

「……食うか」

「あぁ」

魔竜が配膳したという衝撃冷めやらぬし聞いてみたいこともあるのだが、それよりは飯だ飯。布巾《ふきん》を使って釜めしの蓋《ふた》を外すと、ぶわりと出汁《だし》の香《かお》りが飛び込んできた。

釜の中央に鎮座《ちんざ》するのは、程《ほど》よく表面が炙《あぶ》られた鯛だ。外見上はそれ以上の捻《ひね》りがない、シンプルな釜めし。具などそれだけで十分だと言わんばかりの豪快《ごうかい》な料理である。

他には汁椀《しるわん》に、付け合わせとして小皿が三つ。見たところ海藻《かいそう》の酢漬《すづ》けらしきものに、餡《あん》がかけられた揚《あ》げ魚、それに挽肉《ひきにく》入りの卵焼きだろうか。

ヴァルマの作法に則《のっと》って鯛を崩しながら椀に盛り付け、椀を手に取る。いつぶっ倒れられてもすぐ動けるよう対面に意識を向けながらも、ぱくりと一口。

まず最初に感じたのは、口の中に溢《あふ》れる豪快な出汁の香りだ。適度な塩味が食を進ませる釜めしは、出汁がおざなりだとただ白米を炊《た》いただけの方が旨くなる。

しかし、この釜めしは違う。上等な昆布《こんぶ》を煮立《にた》たせずじっくり丁寧《ていねい》に取った出汁の香りに加え、大海原《おおうなばら》を泳ぐ鯛の旨味《うまみ》をぎゅっと吸《す》い込んだ飯は、迷宮食堂にしては珍《めずら》しい麦と白飯のブレンドだ。ぷちぷちとした触感《しょつかん》のある麦飯は、食感が単調になりがちな釜めしのアクセントとなる。

崩した鯛の大きさはまばらで、多めの米の量に対しておかずになるほどではない。だが、昆布にも負けない鯛の香りは、炙ってから炊いたことで、鯛そのものの上品な香りに、香《こう》ばしい皮の香りという二種類の香りを生み出している。

普通《ふつう》の店ならば魚の臭《くさ》み消しとして香草《こうそう》なり生姜《しょうが》なりに逃げるところだが、この釜めしは思う存分鯛の香りを味わえと言わんばかりのシンプルな構成である。他に具材はなく、ひたすら出汁と飯で殴ってくる。

――充分《じゅうぶん》だ。いつも食べているような味が濃《こ》く白米をかっ込める料理だけでなく、この店はこんな細かい仕事も出来るのだ。こんな上品な料理を作っているのが悪名高いあの魔竜というのだから驚きだが、人は見かけによらないもの。

「あ」

飯に夢中で、対面に意識を向けるのを忘れていた。ヴァルマの様子を窺《うかが》うと――

「泣いてるのか……？」

ヴァルマは、涙を流しながら黙々と釜めしを食い続けていた。なんだこいつ。ちょっと面白《おもしろ》いな。どうやら、心配していた状況にはならなくて済みそうだ。

椀にお代わりをよそい、半分ほど食べ進めたところで、ようやく付け合わせに意識が向かう。まず手を伸ばすは、悩んだ末に一番普通な卵焼き。

ふたかけしかない卵焼きのうち一つを取り、口に放り込む。少しだけ甘味のある卵焼きだ。トルート卵を使ったプリンのようなぷるぷるのものではなく、出汁を多めに吸わせた柔《やわ》らかい卵焼きは、メインのおかずというよりまさに副菜。

甘《あま》さを生み出しているのは、挽肉だ。ただ混ぜ込むのではなく、そぼろのように甘辛《あまから》く炒《いた》めた挽肉を卵に混ぜ込み、それから焼き上げているのだろう。

口の中が上品すぎる出汁に支配されていたところに落ち着ける味を持ってくることで、ここが高級料亭《りょうてい》などではなく、食堂なのだと意識を取り戻せた。どうやらそれは、対面のヴァルマも同じ感想のようだ。

思わず二人して笑《え》みが零れ、卵焼きを挟《はさ》みながら椀をもう一杯《いっぱい》。

次に狙った小皿は、揚げ魚。上品な味の釜めしに揚げ物の組み合わせは——と少し躊躇《ちゅうちょ》してしまったが、適当な組み合わせとはとても思えない。一口分切り崩し餡を零さないよう口へ入れると、驚いた。

「……鯛か！」

なんと、大切りの揚げ魚は、鯛だったのだ。衣と餡によって匂《にお》いを封《ふう》じ込められていたから、鼻の良い俺でも口に入れるまで気付けなかった。

優《やさ》しい味わいの餡に、鯛の香りを封じ込める最低限の薄《うす》い衣。米油のからりとした風味に、油のしつこさなど一切《いっさい》ない。一品料理としても出せるほどの完成度だ。

しかし、その考えはすぐに間違いと知った。釜めしを口に入れた瞬間、それに気付く。

——なるほど、この揚げ魚は薄味すぎるのだ。白米のおかずに食べるには薄いし、鯛の上品さを損《そこ》なわない程度の塩味では、白米をかっ込むのには向かない。料亭で一品ずつ出てくるならそれでも構わないが、食堂で出すなら、確かに釜めしのような米に味のついた

ものでないといけないのだと理解した。

なるほどと頷くと、ヴァルマも同じ反応をしていた。別に示し合わせたわけでもないのに、食べる順番同じなんだよな。

「で、最後は――」

残されたのは海藻の酢漬《すづ》けである。つんとした酢の香りは、最初から少し気になっていた。別に酢が苦手というわけではないが、この組み合わせに酢漬けかと最後まで残してしまっていたのだ。

前二品で食べ進めてしまったので、釜めしは残り僅か。どちらを先に食べようか悩んだ末、二口ほど釜めしを残し、ようやく海藻に手を付けた。

「……ほぅ」

思わず声が漏れた。これまで食べたことのある酢漬けとは、随分《ずいぶん》趣《おもむき》が違ったからだ。

まず、酸味はさほど強くない。酢よりも出汁や砂糖を多く入れているのであろう。酸や糖といった強い味を感じるわけでなく、優しい、胃に隙間《すきま》を空けてくれるような最低限の使い方である。しかしだからといって、しまらない、弱い副菜というわけではない。それは、海藻そのものの食感が強く残されているからだ。

漬け置きすれば、どんなものでも繊維《せんい》が崩れて柔らかくなる。薄い海藻であるならば尚《なお》

更《さら》だ。しかしこの海藻は、コリコリとした楽しい食感が残されている。そういう海藻なのかそれとも漬け方にコツがあるのかは分からないが、何にせよ、付け合わせとしては正解も正解だ。酢で口内をさっぱりさせるだけでなく、変わった食感も楽しめる。

三種類の異なる味は、単調になりがちな釜めしを楽しませる工夫《くふう》がされている。この副菜一つ一つが他の料理には使われていないというのだから驚きだ。

「ふぅ……」

一通り食べきり、これまた鯛の香りのする汁《しる》を飲み終えると、少し遅れてヴァルマも食べ終えたようだ。頬にはうっすら涙の跡《あと》が残されている。どんだけ泣いたんだこいつ。

最後は汁椀の汁を釜めしに注いで茶漬《ちゃづ》けのようにして食べていたから、そういう食べ方もあるんだなと感心したが、真似《まね》しようにも俺の釜には米粒《こめつぶ》一つ残されていなかった。

「で、なんだ、キだったたか」

「ん？　あぁ、気なら以前から使えるが……」

「……それで俺を見つけられたのか？」

そう問うてみると、ヴァルマは腕を組んで「うぅむ」と悩んでから答える。

「どうだろうか。正直なところ、攻撃《こうげき》以外では意識して使うことが出来んのだ。それは私が未熟だからだな」

「てーと、気ってのを込めて殴《なぐ》ると強くなるってことか？」

「まぁ、そんなところだ」

「それが魔術と比べてどれだけ使えるのか分からないんだが……見せてもらうことは出来るのか？」

「見せる……となると、その、何か硬《かた》いものでも持ってるだろうか？」

周囲に目を向けたヴァルマが、申し訳なさそうに提案してくる。これが力自慢《ちからじまん》の馬鹿《ばか》なら机を叩き割《わ》るパフォーマンスでもするんだろうなという想像し、それをした時にすっ飛んでくる魔竜まで浮かんでしまって一人で笑いそうになった。

「硬い……まぁこれでいいか」

胸元《むなもと》から取り出した針を手渡《てわた》すと、ヴァルマは指先でくるくると回しながら重心を確認している。ミスリル製で、更《さら》に射程距離《しやていきより》を伸ばすため見えないスリットが刻まれている特注品だ。使い捨てるには少々高い一品で、標的一人に一本しか使わないようにしている。

ちなみに、昨日パフォーマンスに使って壁に埋《う》まった針は後で回収した。

「では、失礼して」

ヴァルマが針の両端に両手の人差し指を当て固定すると――

「ふんっ！」

ぴしゃりと、針は糸屑《いとくず》のように潰《つぶ》れた。

「…………は？」

針の先端《せんたん》は尖《とが》っている。当たり前だ。針なのだから。

皮膚どころか、人体など容易《たやす》く貫通《かんつう》する鋭《するど》い針だ。しかし、それを潰したヴァルマの指先には、傷一つ付いていない。

「確かに硬いな」

「いや硬いなんてもんじゃねえだろ⁉　ミスリルだぞ⁉」

「みすりる……？」

首を傾《かし》げられた。こいつはそれも知らずに指でひん曲げたのか。

同じことを魔術《まじゅつ》で成そうとしたら、皮膚硬化《ひふこうか》に筋肉増強に刺突無効に――数えきれないほど高度な魔術の組み合わせが必要となる。本職の魔術師でないと不可能な芸当だ。

「これが、気か……」

理屈《りくつ》は置いといて現象だけ切り抜《ぬ》けば、攻撃力《こうげきりょく》と防御力《ぼうぎょりょく》の極大上昇《じょうしょう》か。

というか、俺は昨日こんな威力《いりょく》の攻撃を避《よ》けていたのか？　死ぬ気で殴ったというのも比喩《ひゆ》ではなかったのだ。いやこれは普通に死ぬだろ。

「師範代《しはんだい》はこれじゃ済まない。私はまだ未熟だな」

「………それでか」

「これでだ」

くしゃくしゃの糸屑のようになった針を返され、じっと手元を見る。試《ため》しに元に戻《もど》そうと引っ張ってみたがビクともしない。確かにこんな力があるなら、身体強化魔術など不要であろう。動体視力だけ鍛《きた》えれば充分だ。

「じゃあ、スキルはどうなんだ？」

「う、うぅむ、存在は、存在は知っているのだが」

「……それも存在だけか？」

ヴァルマはコクリと頷いた。スキルくらい、低級のものは冒険者《ぼうけんしゃ》ギルドに行けば子供のおこづかい程度の額を支払《しはら》うだけで教えてもらえるほど身近なものだ。

魔術師でない者が使える魔術など、身近な己《おのれ》の肉体を強化する程度だ。しかしスキルには習得するだけで超人的《ちょうじんてき》な能力を与えるものであったり、『絶対回避《エクセル・アヴォイド》』のようにどれだけ鍛えようがスキル無しには再現出来ない特殊な技能だってある。

「恐らく、スキルを習得すると破門される」

「破門ってーと、道場からか？」

「あぁ。己が身を、心を鍛える武道家が、安易に強くなれるものに依存《いそん》してはならぬと教

えられている。大陸に渡《わた》って内緒《ないしょ》でスキルを習得してきた弟子《でし》が、帰還《きかん》早々師範《しはん》に見つかって破門されたという噂《うわさ》も聞いたことがあるのだ」

「あー……」

「故にスキルを習得するということは、即《すなわ》ち島を出る覚悟が必要となる。——私はこれから、どうするべきだろうか」

おかわりの水がなみなみと注がれたグラスを見つめ、俯《うつむ》きながらヴァルマは言う。

俺は、なんと答えれば良いのだろう。人に言えない仕事をしている俺が、人を諭《さと》し人を導くことなど出来るのだろうか。そんな資格が、この俺にあるのだろうか。

「……知らん。必要と思えば覚えれば良いし、要《い》らないと思えば今のまま鍛え続ければ良い。人に聞くな。少なくとも俺は、そうしてきた」

質問に答えず突《つ》っぱねるような態度を取ると、自分の嫌味《いやみ》さに溜息《ためいき》が漏れた。

暗殺を生業にしたのは、どうしてだっただろう。

あぁ、簡単なこと。俺にあった才能は、それしかなかったからだ。それ以外の選択肢《せんたくし》は、自ら捨ててしまったからだ。

故郷を捨てた俺に、まともな仕事などなかった。公に出来ない汚《よご》れ仕事を引き受けてい

るうちに暗殺者ギルドを紹介《しょうかい》され、今に至る。ただそれだけだ。

道を選べる立場の奴に、何か言う必要はない。だって、それは全《すべ》て理想論となる。俺はこう思う、俺はこうした――そんな低俗《ていぞく》な意見で未来ある若者を変えるつもりはない。他人の人生に、そこまで大きく関わるつもりはない。

『心を冷やせ。大切な人間を作るな』。暗殺者ギルドに入って、最初に言われたこと。殺しを仕事にするのなら、標的が友人であろうと恋人《こいびと》であろうと、大切な親であろうと、決して敵《かな》わぬ強者であろうと、何をしても殺さなければならない。

故郷から逃げてここに辿り着いた俺に、これ以上の逃げ場はない。ここが、終着点なのだ。そこに辿り着いた俺が、まだ未来のある若者を諭すことなど許されない。

「……随分《ずいぶん》と、冷たいんだな」

水のグラスをコトリと置いたヴァルマが、少しだけ落ち込んだ顔で言う。

「仕事柄《しごとがら》だ。悪いな」

「……いや、まぁ、そうだな。人に聞くのが間違っていたんだ。私の道は、私が選ぶものだ。すまない、弱気になった」

「いや、誰《だれ》にだってそんな日はあるさ」

「……なのでその、昨日の醜態《しゅうたい》は、忘れて頂けると助かる」

少し恥《は》ずかしそうに言うヴァルマに、俺は満面の笑みで答えた。

「やなこった」


殺し合った相手でも、飯を食えば仲直り。そんなつまらないオチにするつもりはない。

けれど俺にとって、ヴァルマとの距離《きょり》感はこれくらいで充分だ。

馴染みの食堂の常連客。ただの、よく話す女。それだけで、充分だ。


かすかに痛む胸を抑え、また明日を過ごそう。

今度こそ、胸を張って生きられるように。

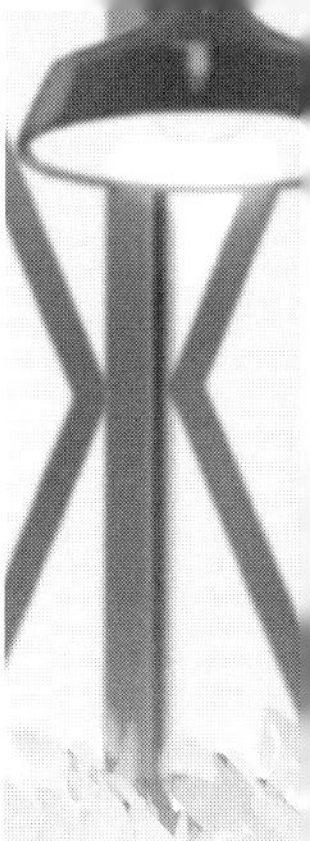

苦手であっても恩は恩

『命の摂理《せつり》に逆らうなかれ』――現代語訳エトゥラ教聖典に書かれた一説だ。

人は誰しも必ず死ぬ。寿命《じゅみょう》であったり、怪我《けが》であったり、病気であったり、人は定めからは逃《のが》れられない。故に、延命を行う魔族を排斥《はいせき》するという教義になっている。

だが私自身、いつかは死ぬだろうなと誰しもが考える感情を持っていながら、自分が外的要因で死ぬところを想像出来なかった。

神から直接祝福された肉体は、教義に逆らうほど強靭《きょうじん》なものなのだ。

「はぁ……」

港で風に吹《ふ》かれ溜息を漏らすのは、巷《ちまた》で聖女と呼ばれている女、名をヘレナという。

ヘレナは考える。どうしてこんなところに私が立っているのだろう、と。

緊張《きんちょう》した面持《おもも》ちで海の向こうを見つめる男達《たち》は、私になど目もくれない。

そんな中で私は、ただ風に吹かれていた。

風にたなびく装束が、下着が見えないギリギリの可動域を維持《いじ》してはためく。人に見られるのにはもう慣れたが、こうも全く見られないと若干《じやつかん》複雑な気持ちになる。

「どうした？　今にも世界が滅《ほろ》びそうな顔をしてるぞ」

そんな中で声を掛《か》けてきたのは、天眼《てんがん》と呼ばれる男だ。

冒険者に詳しくない私でも知っているような有名人であり、今回の戦場においては指揮官である。英雄《えいゆう》と呼ばれることまであるらしいが、彼《かれ》は勇者ではなくただの戦士らしい。

「食事を楽しんでいたところをいきなり連れて来られたら、誰でもこんな顔になります」

「はは！　違《ちが》いない」

この男は何を笑っているんだろう。２００年生きてるらしいが、年取りすぎて頭おかしくなったのか？

「貴方《あなた》以上の適任が居ないのだ。悪かったな」

「悪いと思うなら、とっとと終わらせてください」

「善処する」

苦笑《くしよう》気味に返されたが、その表情から緊張感は抜けていない。これから戦うのは、油断出来るような相手ではないからだ。

私は冒険者などではないが、ここを死地と捉《とら》えているという意味では他の参加者である冒険者達《ぼうけんしゃたち》と変わらない。私が死ぬなら、の話だが。

馴染みの食堂で食事をしていたら、常連客から声を掛けられた。どうやら私の浄化《じょうか》能力を必要とされたらしい。冒険者ではないのだから依頼を受ける義理はないと断ったのだが、ならばと教会を通しての依頼に切り替《か》えられた。

金にがめつい教会のことだ。多額の報奨金《ほうしょうきん》を積まれてしまえば、私のような神官は簡単に貸し出されてしまう。戦う相手が、たとえ魔王《まおう》だとしても。

相手は、第十階位魔王——海なるエクエト。

彼の魔王の迷宮は未《いま》だ発見されていないが、およそ50年に一度現れ、人里を襲《おそ》い、数千から数万人の死者を出すことで知られている。

その魔王と会話が成立することはなく、感情を理解出来る者も居ない。ただ襲い、ただ喰らい、ただ帰る。それだけの存在であると教えられた。

エクエトに殺された者は地を、空気を汚染《おせん》する猛毒《もうどく》である瘴気を発生させてしまう。だが魔王クラスの生み出す瘴気を浄化するのに、ちょっと神聖魔術《まじゅつ》を齧った程度の神官や冒険者では頼《たよ》りない。そこでエトゥラ教において最も荒事《あらごと》に向いており、かつ死んでも痛くない立場の者として私に白羽の矢が立った、ということだ。

「ところで、あそこの民間人を避難《ひなん》させなくても良いのですか？」

「民間人？　……あぁ、あの二人か」

港でベンチに座《すわ》り、荒《あ》れ狂《くる》う海を眺《なが》めて呑気《のんき》に氷菓《ひょうか》なんて食べながらくつろいでいるのは、馴染みの食堂の下働きであろう給仕《きゅうじ》の少女と、初めて見た店主らしき若い女の姿だった。魔王撃退《げきたい》戦の参加者と緊張感の乖離《かいり》も甚《はなは》だしい様子だが、気に留《と》めている者は私の他には居ないようだ。

「あの二人ならば、問題ない」

「……問題ない、とは？」

思わず聞き返してしまった。点呼の際に「二つ名持ちでも死ぬことがある」とまで話していた天眼の言葉とは思えないからだ。何せあれは、ただの食堂の従業員である。

「魔竜という二つ名を知っているか？」

「知りません」

「となると、説明が難しいな。まぁ、ここで死ぬような二人ではない、ということだ」

「はぁ……」

生返事が漏れた。食堂の給仕を戦場に置いたらまず死ぬと思うし、足手まといを庇《かば》って何人も犠牲《ぎせい》になる。片方の女の正体は知らないが、あの様子からして参加者ではない。

「お、おい、どこへ行く」

歩き出した私に触《ふ》れようとした天眼が、私の肩《かた》に手を触れた瞬間《しゅんかん》に勢いよく弾《はじ》かれた。

ほんの僅かでも悪意を検知すれば、私の着る聖典は外敵全てから私を守る。彼が何を考えていたのか分からないが、少なくとも好意的な感情でなかったのだけは間違いない。

海を眺める二人の下へ歩いて行くと、天眼だけでなく他の冒険者も私を止めようとしたが、天眼でも触れられなかった私に触れようという気概《きがい》のある者は居なかった。

「こんにちは」

こうして目の前で見ても、彼女《かのじょ》らの正体は私には分からなかった。二人の前に立って、外向けの笑顔《えがお》を作って頭を下げる。

「エトゥラ教会司教、ヘレナと申します。先日は美味《おい》しい料理をありがとうございます」

自己紹介《しょうかい》をすると、魔竜と呼ばれていた女が怪訝《けげん》に顔を歪《ゆが》めた。給仕の少女は「いつもありがとうございます」と頭を下げたので、自己紹介に違和感を覚えたのは魔竜だけだ。

「今は女でも司教になれんだな」

彼女が私に向けていた感情は嫌悪《けんお》感などではなく、単純に疑問を覚えただけのようだった。しかしながら、少々気になる発言である。

「今は……というのは、どういう意味でしょう？」

何でも白黒つけたくなるのは私の性分《しょうぶん》だ。彼女の発言をそのまま聞き取れば、昔は女が司教になれなかったように聞こえる。しかしエトゥラ教は古きより女性の役職者を認めている宗派なので、何かしらの思い違いをしているだけの可能性が高い。

「あー……昔の連れにエトゥラの奴が居たんだよ。女は二級神官までしかなれないとかぼやいてたのを覚えてたから、そんだけだ。悪かったな」

「……はい？」

おかしいな、これは本格的に彼女の勘違《かんちが》いか？　エトゥラ教の二級神官なんて役職は数百年前に消滅《しょうめつ》している。魔族憎しを掲《かか》げる宗派が他にないこともないので、評判の悪い他のところと混同しているのだろうか。それ自体はよくあることではあるが、それにしても女の指摘《してき》が具体的なのが気になった。

「そのようなことは寡聞《かぶん》にして存じませんが……本当にエトゥラ教の方でしょうか？」

「……んー、いや、そこは合ってると思うぞ。司教の娘《むすめ》だったしな」

どうやら彼女は確信しているようだが、私の認識《にんしき》と相違《そうい》がある。口に手を当てて考えていると、しばらく黙《だま》っていた給仕の少女が「あ」と口を開いた。

「ひょっとしてそれ、前に話してたルームメイトさん？」

「そうそう。呪術師《じゅじゅつし》じゃない方な。あいつ、卒業したら諸国漫遊《まんゆう》するんだとか言ってたけど、出来たのか知らねぇんだよな。結局卒業後は会えてねぇし」

「……失礼ですが、その方のお名前をお伺いしても？」

当然、名前を聞いて分かるはずがない。けれど、彼女の記憶《きおく》が正しいのかを確認《かくにん》するためにも、この質問には理由がある。エトゥラ教には洗礼名があり、千年以上前から命名規則が定まっているからだ。それは外部の人間が理解できるほど単調なものではなく、名を問うだけで信徒と判別出来るのは知識を蓄《たくわ》えた上級役職のみである。

「アメリア・ライツだよ」

「…………はい？」

彼女の口から出てきたのは、偶然《ぐうぜん》にも私の知っている名前である。いやむしろ、エトゥラ教の信徒ならば、その名を知らぬ者は居ない。

「第七聖人、アメリア・トーラ様。……旧姓《きゆうせい》は、アメリア・ライツ」

エトゥラ教では、子に聖人と同じ名を付ける行為《こうい》は許されていない。ならば、偶然同じ姓の者が、偶然同じ名を得、偶然同じ宗派に辿《たど》り着く可能性は――

「ふぅん？　あいつ聖人になったのか」

「……アメリア様が聖人になられたのは、今から千年以上は前の話です。なので、勘違いか同姓同名の別人かと思われます」

「いや、それなら逆に合ってるだろうよ。あれで長生きしたとは思えねえし、あと180年前だろ？」

そう語る彼女の目線は、一切揺《いっさいゆ》らいでいない。人の悪意を敏感《びんかん》に感じ取る私の装束——着る聖典は、悪意を持った嘘《うそ》すらも見抜《みぬ》く。しかし、未だに彼女の言葉に聖典は応じない。事実を語っているとでもいうのか？　それではまるで、魔族のようではないか。

「いや、人族だよ。ほら、気になんなら触《さわ》ってみろ」

私が何を考えていたのか表情だけで察したのか、彼女はこちらに手の甲《こう》を向ける。

その行為から読み解けるのは、彼女はエトゥラ教の教義と、この聖典の加護を理解しているということだ。

エトゥラ教では、他人の手を取る意図で先に手を出す側は、手の平ではなく甲を向け、手を取る側は下からその手に触れるという決まりがある。救いを求める者と、救う者を表している所作。彼女はそれを知って手の甲を向けたのだ。

また、現代においてこの聖典の着用を許可されているのは私だけ。しかし、私以前の持ち主から仕様を聞いている可能性はある。それが一体どこの誰なのかは知らないが。

悪《あ》しき者は弾かれる。それは、善なる心を持つ魔族であっても同じこと。宗派の教えが変わっても、過去に作られた聖典の中身が書き替えられたわけではないからだ。

聖典は未来永劫《みらいえいごう》、魔族という存在を拒《こば》み続ける。たとえ将来、魔族の信徒が生まれたところでそれは変わらない。

「……失礼します」

彼女の手に――触《さわ》れた。何の問題もなく、私は彼女の手に触れることが出来た。出来てしまった。つまり彼女は延命を重ねる魔族ではなく、また嘘を吐《つ》いていたわけではないということを、私自ら証明してしまったのだ。

「………………」

「な？　大丈夫《だいじょうぶ》だろ？」

「の、ようですが……」

魔族であるという線は排除《はいじょ》できた。だが、それはそうとして真実を語っていたとは限らない。嘘でないことが分かっただけで、それが真実かは別の話なのだ。嘘を吐かずとも真実を隠《かく》す喋《しゃべ》り方《かた》というのは存在するし、私にはそれを判別出来る能力はない。

「司教ってことは、アメリアの声聞こえたりすんのか？」

「……声、ですか」

これを部外者に話していいものなのか分からず、答えを言い淀《よど》んだ。

天からの啓示《けいじ》――天啓《てんけい》の存在は一般《いっぱん》に知られているが、司教ならば天啓が聞けるという認識は正しくない。天啓を聞く力は、確かに司教になるための資格の一つではあるが必須《ひっす》というわけではなく、後天的に聞こえるようになるようなものではないため、司教クラスでも聞こえない者の方が多いからだ。

悩んだ末、エトゥラ教の関係者が居ないところでなら話しても問題ないかと腹をくくり、正直に答えた。

「……聞こえます。ですが、昔より聞こえづらくなっているように感じます」

私はずっと前から、どこぞの神格や聖人様の声を聞くことがあった。それが天上から聞こえていると認識する前から、私は存在しない隣人《りんじん》の声を聞いていたのだ。

すぐ傍《そば》に見えない人が居ることを、私以外誰も知らない。だから私も、声が聞こえても返事はしないようにしていた。

だがある日、村に訪《おとず》れた神官にそのことを相談したところ、「それは神様や聖人様の声なんだよ」と教えてもらい、ようやく納得《なっとく》し、入信に至ったのは今から随分前の話。

しかし、聖女と呼ばれるようになった頃《ころ》から、明らかに声が聞き取りづらくなったのだ。声が遠くなったというか、間に壁《かべ》でもあるかのようだ。

他の司教に聞いても「元からそんなものだろう」と返されてしまい、相談できる相手はこれまで居なかった。

このままでは、いつか何も聞こえなくなるんじゃないか。そんな恐怖《きょうふ》を覚えたのは、元から聞こえすぎていたからなのだろうか。

「聞こえるってのは、耳元でアンタに向けて話しかけてきて会話が成立すんのか？　それとも、明らかに自分に向けられてない声が聞こえてんのか？」

「主に後者です。それだと、どうなるのでしょう？」

「前者ならともかく、後者は専門外だ」

「…………そうですか」

はぁと、溜息が漏《も》れた。主にと答えたのは、一人だけ、明確に私に話しかけてくる声の持ち主が居るからだ。それが誰なのかは、未だに分からないのだが。

天啓とは、天から聞こえてくる声の中で、こちらに聞こえるように話しかけているものを指す。私のように雑談など明らかに関係のない会話まで聞こえる者は稀で、大抵《たいてい》の司教は聞こえる声を全て天啓として受け取る。

たとえ意味の分からない言葉であっても、教義に当て嵌《は》まるよう無理矢理《むりやり》に解読して理解出来る言葉に直し信徒に広める――それが司教の仕事の一つである。

だが、話はそこで終わらなかった。少女が、「何が違うの？」と魔竜《まりゅう》に聞いたからだ。

「前者なら、聞こえてるが見えてないだけだ。オレなら見えるようにすることも、聞こえるようにすることも出来る。ただ後者なら脳が変な電波拾ってるから、受信感度を調整する必要があって――」

少女が無言で首を傾げると、魔竜は呆《あき》れた表情で言葉を切った。

「……まぁ後者なら、本職しか分かんねえってことだ」

「本職？」

「そう。常にそれが聞こえてるような奴《やつ》な」

「そんな人居るんだ……」

二人の会話を聞いて、疑問を覚えた。どちらも聞こえている私は声に二種類あることを容易に理解出来たが、魔竜は聞こえていないにも拘わらず、前者と後者それぞれの存在を認識しているということになるからだ。

少なくとも、現代のエトゥラ教で私以上に天啓を聞ける神官は一人も居ない。教会の序列最上位、教皇《パパ》と呼ばれ敬われる老人ですら、私の1割も聞こえていないのだから。

「なんなら、専門家に繋《つな》いでやっても良いが」

「……生憎《あいにく》ですが、対価として払《はら》える金銭に持ち合わせがありません」

私は裕福《ゆうふく》とはいえない生まれなので、自分と同じような身分の者から寄進を受けるつもりはなく、他の神官に比べて貧乏《びんぼう》な方だ。高位神官としてそれなりに収入はあるのだが、こういう時何をいくら求められるのか見当もつかない。今回の魔王撃退戦《げきたいせん》だって、命懸《いのちが》けの割に私の手元に入るのは雀《すずめ》の涙《なみだ》ほどの額になることだろう。

「オレは繋ぐだけだから、対価を求めるつもりはねえよ。それでも払いたいってんなら、直接聞いてみろ。どうせ何も要らねえって言われるから」

「……分かりました」

「ともかく、ここを無事乗《の》り越《こ》えたら、だな」

「ええ、……そのようですね」

喋っているうちに、辺りは暗くなっている。まだ夕方で陽が出ているはずの時間だ。太陽光を遮《さえぎ》る分厚い雲と激しく防波堤《ぼうはてい》に当たる波が、嵐《あらし》の訪れを教えてくれる。

——そして、その港は戦場となった。

＊

あの日、魔王《まおう》の軍勢を退けた冒険者らは、数人の死者を弔《とむら》うとさっさと解散した。先程《さきほど》まで命を預けていたとは思えないほどドライに振舞《ふるま》う彼らを見て、私は少しだけ心が痛んだのを感じた。彼らは、隣人が死ぬことに慣れきってしまっているのだ。

それは、神に仕える身である私とは、全く異なる価値観である。

「ヘイディは、どうして参加しなかったの？」

「依頼《いらい》が来なかったからですが……仮に行っても足手まといになっただけかと」

「そうなの？」

「はい。今回の撃退戦に参加したのは、ギルドの中でも最上位に位置する人達ですから」

依頼の完了《かんりょう》報告をするため冒険者ギルドに行ったところ、偶然そこにヘイディが居たので話しかけた。ギルドは細かく部署が分かれており普段《ふだん》は受付業務はしていないようだが、今回は事情が事情なので担当部署が変わっていたらしい。

戦闘力《せんとうりょく》を持たない私は、共闘《きょうとう》した冒険者達がどれだけ強かったのか分かっていなかったが、天眼を含《ふく》め、二つ名持ちと呼ばれるギルド上位層のオンパレードだったらしい。それだけの戦力が命を賭《か》けても撃退するので精一杯《せいいっぱい》とは。

「先生も久《ひさ》し振《ぶ》りに怪我をしたと言っていましたが……ヘレナさんのお陰《かげ》で死なずに済んだそうです。私からも、ありがとうございます。上司を失わないで済みました」

「……上司、ねぇ」

「どういう意味ですか」

「いえ別に？」

最近は女同士話すことも増えてきた。時折名前の出る先生というのがあの覇気《はき》のない男ということは分かるのだが、どうしてあれに恋心《こいごころ》を抱《いだ》くのかはよく分からなかった。

共闘した冒険者の中にヘイディ憧れの先生が居たことで、私ははじめて彼が戦う姿を見た。背丈《せたけ》以上に長い槍《やり》を手足のように巧《たく》みに操《あやつ》り、ほとんど傷を負うことなく立ち回っていたのは、非戦闘員《せんとういん》である私から見ても強者だと分かったほどだ。

あれでとうに現役《げんえき》引退しておりギルド職員として事務仕事なんてしているというのだから驚《おどろ》きである。

「ヘイディ、お昼の予定は？」

問い掛けると、ヘイディは手元にある書類の束に目を向け、少々悩《なや》んでから口を開く。

「少しなら、空けられますが」

「じゃ、一緒《いっしょ》に行きましょ」

ヘイディの腕《うで》を掴《つか》み、無理矢理カウンターから連れ出した。他の人に出来る仕事は振《ふ》れば良いのよ。全部自分でやろうとするから、無駄《むだ》に残業が増えるんでしょ。

呼び止めようとする同僚《どうりょう》を無視し、ギルドから出て歩き出す。

店の前に辿り着いて、ようやく握《にぎ》っていた手を離《はな》した。

ヘイディの握力《あくりょく》なら、私の手など簡単に振りほどけたはずだ。そうしなかったということは流され体質は変わっていないんだなと、教会騎士《きし》時代のヘイディをよく知る騎士が話していたのを思い出す。

「今日は空いてるんですね」

「そ。予定もあったし、さっき通りがかったら入ってく人見かけてね」

辿り着いたのは、しばらく前に偶然ヘイディと再会した、迷宮食堂《めいきゅう》だ。

不定期営業のこの店は、次にいつ開くかも分からないため、開いているのを見かけたら入るようにしている。今日がその日だったのだ。ただ気付いた時がちょうど昼時で混雑が予想されたので、先にギルドに報告に向かったのである。

魔竜と呼ばれていた女性から、昼以降に食堂に来るように――そんな雑な予定を入れられていたから来店時間には困ったが、昼も昼過ぎも同じだろうと判断した。まさか営業日とは思わなかったが。

戸を開けると、来客に気付いたのかやる気なさげないつもの猫《ねこ》が近づいてくる。店内の客入りは8割くらいか、これならなんとか待たずに二人で座れそうだ。

――ふと、店内に向けていた視点が、一か所で止まる。客席に座る骸骨兵《スケルトン》がこちらに手を振っていることに気付いてしまったからだ。

「『この身に、悪しきを滅ぼす力をお与《あた》えください』――」

「ヘイディ⁉」

店内に入るやいなや即座《そくざ》に聖属性魔術の詠唱《えいしょう》を始めたヘイディを慌《あわ》てて止めようと手を伸《の》ばすと、私より早く動いた者が居た。――魔竜だ。入った時には居なかったはずなのに一体いつの間に近づいてきたのか、全く分からなかった。

「あー、ナリはアレだが悪しき者じゃねえから、浄化はやめとけ」

「魔竜さん、あなたは――」

「あれプロシアの教皇《プリエステス》だ。どう見ても魔物《まもの》だが魔物じゃねえ」

「…………それは、大変失礼しました」

魔竜に掴まれていた手を下ろしたヘイディは、深々と頭を下げる。

そう。彼女の言うようにあの骸骨兵《スケルトン》は、聖教プロシアの最高位、教皇《プリエステス》とよばれる存在。エトゥラ教における一部の儀式《ぎしき》には、他派の教皇クラスが出張ってくることがある。その中でもプロシアの教皇《プリエステス》は割と頻繁《ひんぱん》に見る方で、一度見たら忘れられない外見をしているので、今回もすぐに分かった。

とはいえ、それを知らない者が見ればただの魔物である。勘違いされるのも当然だが、ヘイディが突然《とつぜん》詠唱を始めたことには少々驚かされた。普段は事務仕事をしていても、切

り替えの速度は流石《さすが》の元騎士である。

「……焦《あせ》ったわ」

「ヘレナさんは、ご存知《ぞんじ》だったんですね」

「ええ、たまに見るのよあのひ――人？」

教皇《プリエステス》を人カウントして良いのか分からず、思わず言い淀んだ。

だってあれ、人ってより神じゃない。何で神格級が数千年経《た》ってもまだ生きてんのよ。こっちは全員天に昇《のぼ》ってるのよ？　私クラスの神力あっても声が聞ける程度なのに、なんでプロシアは現人神《あらひとがみ》の声を直接聞けるのよ？　ズルくない？　っていうかあの服、私より遥《はる》かに格の高い聖遺物なのよね。そんな神力そのものみたいな服を着こなす骸骨兵《スケルトン》が他に居てたまるもんですか。浄化されるでしょ普通《ふつう》。

教皇がカコンと指を鳴らすと、骨であった姿は一瞬《いっしゅん》にして変貌《へんぼう》し、肌《はだ》の浅黒く耳の長い女性に変わった。そしてその瞬間、骸骨兵《スケルトン》をどう扱《あつか》えば良いか分からず困惑《こんわく》していた店内が、不自然なほど静まり返る。

「……認識阻害《にんしきそがい》ですか」

ヘイディが呟《つぶや》く。教皇《プリエステス》が人の姿に化けることも、その際は他者から認識出来ないように認識阻害を発生させることも、私は知っていた。

「ん？　エトゥラって教皇《プリエステス》もダメなのか？　エトゥラ基準だと何カウントだ？」

私が教皇《プリエステス》を見る表情が、明らかに嫌悪感を剥《む》き出しにしていることに気付いたのか、魔竜が声を掛けてくる。

「……ギリギリ、神です」

「ははっ。神に向ける目じゃねえだろそれ」

軽い口調で笑う魔竜に対し、教皇《プリエステス》は困った顔でこちらを見る。

「エトゥラの方とは仲良くしてるつもりなんですが、嫌《きら》われてますねぇ……」

「似たようなモンなのに、仲悪《わり》いのか？」

「似たような!?　エトゥラとプロシアは──」

「どちらもフォード教からの派生ね」

「……自ら正教会を離反《りはん》したプロシアにフォード教を名乗られると、こちらとしては困るのですが」

「だってフォードの第二聖典が気に入らなかったのよ。仕方ないでしょう？」

「そう言われましても……」

さも当事者のように語らないで欲《ほ》しい。いや事実として彼女は当事者だと思うけど、何千年前の話なのよそれ？

「当時から生きてるババァとただの聖女じゃ、流石に分が悪いか」

「ただの……」

ただの聖女なんて呼ばれたのは、その称号《しょうごう》を得てから初めてだ。

だが、教皇《プリエステス》と知り合いで、聖人であるアメリア様の旧友というのが事実なら、確かにそう言われても仕方ない。彼女にとって聖女とは、本当にただの呼び名なのだろう。

「流石に分かっただろうが、専門家ってのがアレだ」

そう言って、魔竜は教皇《プリエステス》を指さした。やっぱりそうなるのかと漏れた溜息が、騒々《そうぞう》しさを取り戻した店内に消えていく。

教皇《プリエステス》と隣《とな》り合う席に案内される。離れたところに座ろうとしたヘイディを無理矢理引きずってきて、並んで座らせた。折角《せっかく》連れてきたんだから逃《に》げないでよ。

「エトゥラの聖女様に会えるなんて、光栄よ」

微笑《ほほえ》みながら言われ、あまりの胡散臭《うさんくさ》さに笑顔を保てなくなった。

排斥すべき魔族とかならまだしも、相手はエトゥラ教も認める神格の一人。他派とはいえ、教皇として敬意を払うべき相手ではあると教えられている。

この性格と態度を知らなければ、私も信徒のように敬うことが出来たろうか。

「前に会ったのは、第七聖痕《スティグマ》を刻んだ時以来かしら？」

「その節は、どうもお世話になりました」

「冷たいわねぇ」

「………」

教皇《プリエステス》は相手にどんな態度を取られようが、誰を相手にしようが自らの態度を一切《いっさい》変えない。他派の信徒にも、エトゥラ教の教皇《パパ》が相手だろうが、常にこの態度を崩《くず》さないのだ。

対面すると胡散臭さしか感じないにしても、私と比べたら、随分と場に馴染《なじ》みやすい性格をしていると思う。問題があるとしたら、どう見ても人族ではないという点か。

フォード教が神格と認めているのは、エトゥラ教のように人族の神でない。かつてエルフと呼ばれたその種族はこの時代にはおらず、神歴の後に種族全《すべ》てが滅んだことで夫婦《ふうふ》神として天に上る権利を得たとされている。その特徴《とくちょう》は、長い寿命に長い耳。

さて、その上で目の前に居る教皇《プリエステス》を見てみよう。黒い肌に長い耳、そして数千年を生きるほどの長寿《ちょうじゅ》――それはまさに、絶滅《ぜつめつ》しているはずのエルフの特徴そのものだ。

この姿をこれまで数度見たことがあるが、上の序列に居る神官は誰もそのことに言及《げんきゅう》しない。まさか私以外に見えてないのかと先輩《せんぱい》に質問したことがあるが、「見なかったことにしろ」と怒《おこ》られた。

まぁつまるところ、それは私風情《ふぜい》が知ってはいけないことなのだ。

「アメリアも心配してたのよ？　あなた、魔王と戦ってたんでしょう？　そんなことのために力を貸してるんじゃないって、ぷんぷんしてたわよ」

「……………」

とっくに天に昇った聖人様と雑談出来るのは正直羨《うらや》ましいんだけど、アメリア様が私のことを見ていてくれたのだと知って、胸の内が熱くなる。

気恥《きは》ずかしさを誤魔化《ごまか》そうとメニューを開くと、視界の端《はし》、顔を下ろし目を瞑《つぶ》った教皇《プリエステス》が小さく口を動かした。——聖句だ。

ヘイディと目を合わせ、小さく頷《うなず》き合う。他宗教の聖句といえど、大本は同じフォード教であるから、成立年の古い聖句には酷似《こくじ》した箇所《かしょ》も多いのだ。

「前に会った時も思ったけど、あなたほとんどのチャンネル閉じてるし周波数もぐちゃぐちゃなのよ。指摘するのも失礼かと思ってこれまでは何も言わなかったけれど、それじゃほとんど声なんて聞こえないんじゃない？」

「チャンネル……？」

突然《とつぜん》目を開いたと思ったら変なことを言い出すので首を傾《かし》げ返すと、教皇《プリエステス》は「レオンティーヌ」と厨房《ちゅうぼう》に声を投げかける。すると中から面倒《めんどう》くさそうな顔をして魔竜が出てきたので、今更《いまさら》私は彼女の名を知った。表情からして、ヘイディも知らなかったようだ。

「ちょっと手伝いなさい。調整難しいのよ」

「あー、周波数か？　ならこのへんだろ」

二人は私のことを放置して空中筆記で何かしらの陣《じん》を描《えが》き出した。魔法陣《まほうじん》と呼ばれる古代の魔法儀式《ぎしき》に似ている気がするが、魔法と共に現代では失われた技術のはずだ。

「そっか、このまま人間の回線に繋げたら……」

「アメリアが何度かやってたが、まともな奴なら脳がショートしてパンクするだろうな」

「もう、あの子ったら……」

「つーか、こんな閉じててよく声聞こえてんな。受信感度狂ってねえか？」

「ほんと、聖女って呼ばれるだけはあるわねぇ……」

あ、これ二人がしてるの私の話なの⁉　ちょっと、狂うって何のこと⁉　っていうか軽《けい》率《そつ》に聖人様の過去バナしないでよしっかり聞かせなさいよ‼

突《つ》っ込みたさに身を乗り出そうとした私に向かって魔竜が指先をちょいと動かすと、魔法陣は私の身体を包み込むように展開され——

ずきりと、強い頭痛に襲われる。が、痛みはすぐに治る。

「ほら、普通に感度上げただけじゃこうなんだろ」

「よく治ったわねぇ……」

「だからここ冗長化《じょうちょうか》させないと人の脳じゃ持たねえんだって」

「じゃあここを……こうするとか？」

次は教皇が指先を動かすと、動き出した魔法陣が再び私を中心に展開される。痛みを覚《かく》悟《ご》し歯を食いしばったが、いつまで経っても痛みはやってこない。

『あー、テステス、聞こえますかー』

来るかもしれない痛みに耐《た》えようと歯を食いしばっていると、脳に直接声が響《ひび》いた。

驚きのあまり立ち上がり、膝《ひざ》を机にぶつけてちょっと痛い。聖女の身体が祝福されているとはいえ、ある程度の自傷ダメージは有効なのだ。

魔竜は「あれで足りたか」と意図の読めない言葉を漏らすと、厨房に帰っていった。

「え、あ、はい⁉」

『あっ聞こえるみたいね。やっぱ最初から先生に相談しとけば良かったかー』

聞き覚えのない軽い口調。周囲に声の持ち主は居ないが、私はこの声を知っている。

「あ、アメリア様⁉」

『はいそうですよー。あっ、いつもと口調違って分かんなかった？』

「い、いえいえいえいえいえ！」

すぐ隣《となり》に居るかのような近さでアメリア様の声が聞こえたのは、初めてだった。

それに、いつもの話し方はもっと荘厳《そうごん》で、意図だけを伝えるために無駄な言葉など一切《いっさい》挟《はさ》まなかった。雑談のように聞こえる声にも、彼女の声はなかったのだ。

『いつもはさー、他の人にも聞こえるかもって話し方気を付けてるんだけど、今は個別回線繋いで貰《もら》ったから。あっ、オフの時は皆《みな》こんな感じよ』

「は、はい⁉」

分からない。全然分からない。何が起きたらこうなったんだ。混乱に頭を抱《かか》えるが、この声は何度も聞いたアメリア様のもので相違ない。顔を知らない分、声だけは忘れないように覚えていたからだ。

『んーと、私からは一つ。あなた、半年くらい休みなさい』

「休む……ですか？」

『そ。神力減りすぎなの。最近私達《たち》の声が聞こえづらく感じてたのもそれが原因ね。しっかり食べてしっかり寝《ね》る。人間なんて元からあんま神力のキャパないんだから、あんまり酷使《こくし》してると私みたいに使い切っちゃうわよ』

最後の言葉だけ、重みを感じた。

私みたいに。アメリア様はそう言ったのだ。

伝承によると、アメリア・ライツという女性が聖人に選ばれたのは二十歳《はたち》の頃だ。つまり人としての彼女は、その年で命を失っている。

神力は魔力《まりょく》とは違う。生涯《しょうがい》で使える総量に限界があるのに、その器の大きさを自分で見ることは出来ず、限界を迎《むか》えるその時まで使い続けることが出来てしまうもの。

『じゃ、主神様に怒られないうちに切っちゃうわね。また繋ぐと思うけど、その時はよろしくねー』

「は、はい!!」

勢いよく頭を下げたら、おでこが机に直撃《ちょくげき》した。じぃんと響く脳の揺《ゆ》れに蹲《うずくま》るよう腰掛《こしか》け、息を整え水を飲む。

「…………」

「お話は終わった？」

「……はい。ありがとうございました」

終始不思議そうな顔でヘイディがこちらを見ていたが、まぁ説明は後日しよう。

ともかく、魔竜と教皇《プリエステス》の二人によって私は聖人様の声を今まで以上にはっきりと聞こえるようになり、それどころか会話まで出来るようになったらしい。分からないことは多くても、それだけは間違《まちが》いなく感謝しなければならないことだ。

「あの、お代は……」

「気にしないで良いわよって言いたいところだけど、貸しになるのは嫌《いや》よね？」

強く頷き返した。教皇《プリエステス》に貸し作って良いことなんて絶対ない。出来ることなら対価を払って円満に解決したいところだが、相場などない処置に、一体何を求められるだろうか。

「じゃあ、奢《おご》ってもらえる？」

悩んだ末メニューを指さしてそう言われたので、思わず「え」と声が漏れた。

「私も教え子からの頼《たの》みだったし、ここでお金貰ったらアメリアに怒られちゃうわよ」

「そんなので良いなら……」

「良いわよ。知ってる？　ここの料理、美味しいのよ」

自慢《じまん》げに言われたが、「知ってます」と即答《そくとう》する勇気はなかった。

「お待たせしました、焼き鳥丼《どん》です！　お好みで七味を掛《か》けてお召《め》し上がりください！」

ニコニコ笑顔の教皇《プリエステス》には目を向けないように、ヘイディに魔王撃退戦の話をしているうちに、注文していた料理が到着《とうちゃく》した。

教皇《プリエステス》が気になってなんとなく牛肉を避《さ》けてしまったが、後悔《こうかい》はない。どこからでも入れるこの店で信徒の目を気にする必要などないと気付いてからは、度々訪《たびたびおとず》れているからだ。

焼き鳥丼には鶏肉《とりにく》が数種類香《こう》ばしく焼かれタレが絡《から》められているが、真っ先に目に入るのは、中央にこんもりと盛られた白ネギだ。

薬味にしては少々多すぎるかと思うのだが、いきなりネギを食べるのは違《ちが》うよなと鶏肉をつまみ、頬張《ほおば》った。

「はぁ……」

甘辛《あまから》く味付けられたもも肉は肉汁《にくじゅう》が溢《あふ》れたと錯覚《さっかく》するほどジューシーで、炭火で焼いたことによって香ばしさが際立《きわだ》っている。噛《か》めば噛むほど味を主張してくるが、ただ鉄板で焼いただけではこうはならない。

炭火で余分な脂《あぶら》を落としながら火を入れ、タレを塗《ぬ》り更《さら》に焼くことで、この絶妙《ぜつみょう》な焦《こ》げ感を生み出している。炭火は、それだけで味のランクを一段上げてくれる調味料なのだ。

「炭火、良いわね……」

小さく声が漏れた。炭は携帯《けいたい》に優《すぐ》れ、更に火の持ちが良い。巡礼《じゅんれい》中は粗食《そしょく》を心掛《こころが》けないと他の信徒がうるさいので火を使う機会は少なかったが、今度持ち込めるか聞いてみようかなと考える。まぁ、料理は私の担当ではないのだが。

「店内に炭の香《かお》りなんて、しないいんですけどね……」

「それは言わない約束よ、ヘイディ」

炭火はそれなりに特徴的《とくちょうてき》な香りがある。店内で焼くなら香りが漂《ただよ》って然《しか》るべきだが、提供されるまでそんな香りは一切なかった。ただ、この食堂において、そんなことは気にするだけ野暮《やぼ》だ。

炭火に負ける一歩手前のタレはあっさりめで、酒のつまみの焼き鳥ならばもっと濃《こ》い味のものも多いが、タレの染《し》み込んだお米と一緒に食べると、案の定ベストマッチ。

味の薄《うす》いお米はタレが濃すぎると味を感じづらく、ただの添《そ》え物になってしまう。しかしあっさりめに仕上げることで、タレが沢山《たくさん》かかったお米も丼の具の一員になれるのだ。

子供のように頬一杯《ほおいっぱい》にお米を詰《つ》め込んでしまったのは、仕方ない。この店だけはどんなものを、どんな食べ方をしていても気にされない、聖域のような場所なのだ。

この店にとっての私は、聖女という肩書《かたがき》を持つただの常連客でしかない。外では畏怖《いふ》であったり下卑《げび》た目を向けられる格好も、この店では浮《う》かない。私より浮いた人間が、いくらでも居るからだ。

「これ……レバー、よね」

次に持ち上げた肉は、タレがかかっていて尚《なお》、素材の黒みが気になる部位。

弾力《だんりょく》からして、恐《おそ》らくレバーだ。牛のレバーもあまり得意ではないので、内臓系には苦手意識がある。苦手なものは先に食べておこうと選んだのだが、若干後悔《じゃっかんこうかい》しながらも口へ。

「……え？」

私の知っている内臓部位は、食感を楽しむと老人たちが楽しそうに食べていても、実際のところはゴムのように固く噛《か》み切れないものであったり、血生臭《ちなまぐさ》くて我慢《がまん》しないと食べられないようなものであったりした。けれど、このレバーは違う。

「臭くない……」

ねっとりした舌触《したざわ》りのレバーに臭みはなく、ほんのりと甘《あま》みまで感じる。口の中でほろほろととろけていく食感は、正肉にはないレバー独特のものだ。

驚きながらも、箸《はし》が止まる。ここはお米を食べるかネギを食べるかで悩んだからだ。

しばらく咀嚼《そしやく》していたが、選んだのは白ネギだ。丼の中で唯一《ゆいいつ》タレのかかっていない聖域に箸を突入《とつにゆう》させ、千切りされた大量のネギをまとめて掴み口へ放り込む。

じゃくじゃくと咀嚼していると、ネギにはあえてタレを掛けず、薬味というより具材ほどに大量に載せられていた理由がすぐに分かる。普段ならば生ネギ特有の臭みであったり辛《から》みであったりが気になりそうなものなのに、レバーと真逆の食感に加え、適度に口内をリフレッシュしてくれる爽快《そうかい》感はネギにしかないのだ。

焼きネギのように加熱することでとろりとした食感と甘さを生み出す副素材としての使い方も悪くないが、この丼には確かに気分転換《てんかん》させる生ネギの方が合いそうだ。

何種類もの鶏肉を飽《あ》きさせずに食べさせてくれる、いわば盟友のような存在である。

「んー……？」

お次に選んだのは、――何だろう？　肉にしては固いので内臓だと思うのだが、噛めば噛むほど味のする類の内臓ではなく、コリコリした不思議な歯ごたえがある。

食べたことのない食感に疑問を覚え、お米に手を付けず黙《だま》って咀嚼していると、教皇《プリエステス》が食べる手を止めて口を開く。

「砂肝《すなぎも》ね。鳥の持つ砂嚢《さのう》という器官よ」

そちらに目を向けると、教皇《プリエステス》は私のように丼を抱えたりせず、丁寧《ていねい》な所作で焼き鳥丼を食べていた。いつもなら癇《かん》に障《さわ》る読心術と思うところだけど、こういう時はありがたい。

「砂肝《い》……あぁ、だからこんな食感なの」

ほんとうに砂を食べているわけではないが、言われてみると砂の塊《かたまり》のようなじゃりじゃりとした食感だ。しかし貝の中の砂粒《すなつぶ》のように不快な食感ではなく、いつまでも噛み続けていたくなる楽しさがあり、酒のつまみとしては主役を張れそうな勢いだ。

酒はエトゥラ教において特殊《とくしゅ》な立ち位置にある。嗜好品《しこうひん》として飲むなと信徒には厳しく接しているが、酩酊《めいてい》は神に繋がるための儀式だからと神官は浴びるほど飲む。神官にはたった数人で樽《たる》を空けるほどの大酒飲みが多く、多分に漏れず私もその類だ。まぁ、祝福によって酔《よ》うことはないんだけど、先輩には勿体《もったい》ないって言われたっけ。

「お酒が欲しくなるわね……」

「分かるわぁ。今度一緒に飲みに行く？」

「…………遠慮《えんりょ》しておきます」

独り言に返事をされて気まずい気持ちになりながらも、ちょっとへイディそこ笑わないでよと睨《にら》みを利《き》かせ、再び丼に向き合う。

さて変わった部位はこのくらいかと思って食べ進めていると、一つだけ正肉にしては変わった形の肉を発見した。それは白ネギの山を崩した先、中央に敷《し》かれるように鎮座《ちんざ》しており、半分以上食べないと見つけられない位置にあった。

箸で摘《つ》まみ上げようとしたら、思ったより平たく、重い。挽肉《ひきにく》を成形したつくねのようだ。そのまま齧《かじ》るには大きすぎるので、箸で割って口へ運ぶ。

「んんっ……」

正肉や内臓とはまた違う食感を持つつくねは、単一の素材で作られているわけではなかった。刻んだ軟骨《なんこつ》によるしゃくしゃくとした食感が、心地《ここち》よい歯触《はざわ》りを与えてくれる。柔《やわら》かいばかりでなく、こうして別の食感を加えてくれるのも嬉《うれ》しい。

このように様々な部位を個別に使って楽しませる料理は、牛肉料理にはあまり見られな

い。丸々一羽《わ》を使いやすい鶏肉料理だからこそとも言えるだろう。

つくねを適度な大きさに割り、自然に混ざり合ったそれらをかっ込むように口へ運ぶと、タレ、鶏、米の三拍子《びょうし》が口の中で楽しく踊《おど》る。

一通り部位の食べ比べを終え、次はぱらりと七味を掛けてみる。七味というだけあって七種の薬味が入っているようだが、記憶《きおく》にあるものより赤くない。

「……ミカン？」

七味のかかったもも肉を食べてみると、辛みでなく、真っ先に嗅《か》ぎなれた香りが鼻に抜ける。それは果物のものだ。七味にそんなものが入っているのだろうか？

柑橘《かんきつ》の香りは、炭火という強い香りによって既《すで》に完成している焼き鳥丼には余計な要素に感じてしまったが、食べ進めていくと不思議とそうは思えない。

完成していたと思っていた焼き鳥丼は、七味によって炭とは別種の香ばしさや辛みが加わり、ただでさえ止まらなかった箸が更に速度を上げた。

具材一つ一つにも拘《こだわ》りがあり、それぞれに飽きさせない工夫《くふう》がある。タレと炭火だけで充分《じゅうぶん》食べられるものが作れるのに、どこにも妥協《だきょう》していないのは素直《すなお》に感動した。

手を止めず食べ続けた結果、あっという間に完食してしまう。早食いのつもりはないけれど、牛すき煮《に》のようにいつまでも熱々な料理だとどうしてもゆっくり食べることになり、必然的に食事時間が長くなりがちだが、その点、丼ものは違う。

「ふぅ……」

一気に食べたことで感じるいつも以上の満腹感に、水を飲むこともなく椅子《いす》の背もたれに身体を預けた。

ヘイディと教皇《プリエステス》はまだ食事中なので、ゆっくりと深呼吸をしながら考える。


この食堂は、迷宮《めいきゅう》によって作られていると以前ヘイディが話してくれた。

それはつまり、今まさに迷宮魔族の胃の中に居ることになるのだが、不思議なことに不快ではない。低級魔族からも魔王からも感じたピリピリとした肌触《はだざわ》りを、この店に居る間に感じることはないのだ。

私は冒険者《ぼうけんしゃ》ではないが、迷宮に入ったことがないわけではない。浄化《じょうか》の依頼があれば、どんな場所だろうが派遣《はけん》されることはあるからだ。

かつて入った魔王の迷宮は、ヒリつくような不快感があった。しかし、それが迷宮そのものから感じ取ったのか、それとも迷宮の主の存在を感知したのかまでは分からない。

どちらにせよ、この食堂は私にとってはただの食堂である。色々な街から入れるという点は、プラスの要素であってマイナスには成り得ない。

ヘイディ曰《いわ》く、冒険者ギルドもこの食堂はたとえ迷宮であっても人類に仇《あだ》なすものではなく、グレーゾーンと見て静観する方向に決めたらしい。

迷宮の主を詮索《せんさく》することはせず、そしてこの店に関《かか》わる魔族が居ても目を逸《そ》らす。それが迷宮を管理するギルドの決めたことならば、部外者である私が何か言う必要はない。

私がエトゥラ教の一信徒として魔族に嫌悪《けんお》感を抱いているのは事実だが、憎《にく》むべき魔族が店に居ないのならばしょうがない。私は料理を堪能《たんのう》するだけだ。

——あ、いや、一人だけ、どうしても納得《なっとく》出来ないものが居たか。

「あらあなた……何か憑《つ》いてるのね」

「……はい？」

考え事をしながら俯《うつむ》いていたら、足元を通る猫が偶然《ぐうぜん》視界に入り、話しかけてくる。

ヘイディ曰く、この猫は魔族ではあるが迷宮の管理者ではないらしい。魔族と言っても毒気を感じることもないし、食堂そのものが迷宮なのだから、従業員に魔族が居て当然と割り切ることにした。近くに居るだけで不快になることもないし、大方そこらの一般《いっぱん》魔族が猫に化けているだけなのだろう。

とはいえ、今の発言は聞き流せない。憑いてる、だって？

「ミャーにもうっすらしか見えないけど……んー……？」

首を傾げる猫が私の背後――何もないところを見つめたので、頬《ほお》が引き攣《つ》った。

「私には、何も感じませんが」

「あー、うん、まぁ悪いものじゃなさそうだし、いっか」

「…………そうですか」

あまり会話をしたいとも思えないし、あちらが気にしないというのなら追及《ついきゅう》はやめた。

ふと、視線を感じたので後ろを振り返る。当然、そこには客しか居なかったし、私のことなど誰《だれ》も見てもいなかった。

「どうしたんですか？」

「何でも、ないわよ」

私の様子を疑問に思ったヘイディにそう返し、グラスの水を傾《かたむ》け、一息。

流石にこの状況《じょうきょう》で教皇《プリエステス》を置いて一人で帰る気にはなれなかったので、食事が終わるのを最後まで待ち、焼き鳥丼の好きな部位の話なんてしたりして。

仕事と関係ないところで会うと、案外普通の人みたいなんだなとか考えて、少しだけ教皇《プリエステス》の評価を改めた。

帰ってからも、猫の店員に言われたことを考えていた。

何か憑いてる。そしてそれは恐らく、悪いものじゃない。

しかし、事実だろうか？　聖典も祝福された私の身も、霊体《れいたい》にとっては猛毒《もうどく》だ。憑いているのが悪性のものであろうとなかろうと、近づくだけで浄化されているはず。

しかし、どうだろう。仮にそれが、私の祝福より神性の高い存在なら。

魔竜《まりゅう》の言ったように、声は聞こえているが姿の見えてないだけの存在なら。

『あぁ、美味《おい》しそうだったなぁ』

——私はいつか、会えるのだろうか。

居るはずなのにそこには居ない、声だけ聞こえる隣人《りんじん》に。

老兵たち

「むぅ……」

見知らぬ者との対話でも、食事や酒があれば弾《はず》むと考えていた。だがしかし、うぅむ、これはどうするべきか分からぬ。長い人生を生きたが、ほとんど剣《けん》を握って戦うばかりで、このような状況は初めてなのだ。

卓《たく》を囲んで睨み合うは、人族の商人五名に獣人《じゅうじん》族五名の計十人。

場所は地元で一番とされるレストランだが、獣人族――肌が緑色の特徴を持つ緑鬼族《ゴブリン》らは、いっこうに料理や酒に手を付けようとしない。

「うぅむ……」

精一杯《せいいっぱい》もてなそうとしているのに警戒《けいかい》され、段々と機嫌《きげん》が悪くなる若い商人ら。睨むばかりで何も喋《しゃべ》らず何にも口を付けない緑鬼族《ゴブリン》らの会談を、鉄壁《てっぺき》という二つ名を持つ老人、レイフが腕を組んで見守っていた。

見届け人として呼ばれたレイフは、この会談の重要性を理解している。交渉《こうしょう》人などではない男が背後に突っ立っていると邪魔《じゃま》なのでは――はじめはそう思っていたが、どうやら双方《そうほう》そんなことを気にしている様子ではない。

此度《こたび》の交渉は、双方に利のあるもの――とは言い難《がた》い。商人から緑鬼族《ゴブリン》への一方的な依頼《いらい》に近いものだ。

かつてエドゥアールと呼ばれていたこの土地は、長い冬を迎えると、北から流れ着く流氷によって海が凍《こお》り付き、主要な流通経路である海運が滞《とどこお》る。薄い流氷が幾重《いくえ》にも重なっており、船を無理に出すと、あっという間に船底に穴が空いてしまうのだ。

その時期は周辺の山も雪に覆《おお》われ、陸路を使う隊商も遭難《そうなん》を避けるため近づかなくなるので、海沿いに作られた町でありながら、一年の半分近い期間を僅《わず》かに取れる農作物や畜《ちく》肉《にく》、備《び》蓄《ちく》食料だけでやりくりしないといけなくなる。

そんな閉ざされた港町に現れたのが、エレをはじめとした緑鬼族《ゴブリン》達だ。人族と比べて小《こ》柄《がら》な彼《かれ》らは、人族では決して渡《わた》れぬ流氷の上を歩くことが出来たのだ。

彼らは外洋に出るための船を持たないため、海の先に住んでいながら交流することはまずない。だがこの時期だけ、流氷によって二つの土地は繋《つな》がっていた。

かつて、長きに渡る戦争で殺し合った宿敵でもある獣人族に分類される緑鬼族《ゴブリン》だが、この時代の若者にとってそういった感覚は薄く、流氷の上を軽《かろ》やかに歩いている緑鬼族《ゴブリン》を見て閃《ひらめ》いたのだ。流氷を海でなく陸として歩ける彼らならば、極寒《ごっかん》の大地に食料を届けることが出来るのではないか——と。

そうして開かれたのがこの会談だ。緑鬼族《ゴブリン》を足として使う新しい商売に彼らの協力を仰《あお》ぐことが、商人達の目的である。


「レイフさん！　なんか言ってやって下さい！」

一人の若者が立ち上がってこちらを振《ふ》り返ると、緑鬼族《ゴブリン》らを指さして叫《さけ》ぶ。

「そうは言われても、何を言えば良いのか……」

「食べもしないし飲みもしない！　挙句の果てに話そうともしない！　この会談の重要性を、こいつらは何も分かってない！」

「……それは、何かの手違《てちが》いがあるのではないのか？」

「手違い？　手違いですか？　俺達《おれたち》がこいつらの好物を用意しなかったことですか⁉」

「それは分からんが……」

若者は突っかかる相手を間違えるなと頭取に叩《たた》かれ、不服そうに席につく。確かこの二人は、このあたりで一番大きな商会の者だったか。この場には、三つの商会から人が集まっている。それぞれが自分の交渉をしに来ているのだ。

もしかしたら、緑鬼族《ゴブリン》はまだ人族を嫌っているのではないか――そう考えてしまうのも無理はない。だが仮にそうであるならば会談など受ける必要がないし、エレのように人族の町に遊びに来るとも思えなかった。だから、何かの手違いがあるはずだ。

「こんな時、エレが居ればな……」

小さく呟いた言葉の意味を分かる者は、こちら側には居なかった。反応したのは、向かいに座《すわ》っていた緑鬼族《ゴブリン》達だ。

数名が小さく何か耳打ちしあうと、一人が立ち上がってこちらを見る。

「スマ、な、イが、ロォど様と、ハ、ドの、よウな、関係ダ」

つたない発音でそう聞いた彼は、先程《さきほど》までの嫌悪感むき出しの表情でなく、どこか畏《かしこ》まったように感じる。

「そちらでの呼び名は知らないが、エレとは――そうだな、70年ほどの仲になる」

まぁ殺し合った仲ではあるし、70年ほど会っていなかったのだが、嘘《うそ》ではない。質問をしてきた緑鬼族《ゴブリン》は信じられないといった表情を見せると、再び仲間内で何か話し合う。

「ソの、呼び名、ヲ、許サレ、てイルと、言ウ、コト、ハ――」

先の緑鬼族《ゴブリン》が立ち上がると、他の四名も同じように立つ。緑鬼族《ゴブリン》は成長が速いが、大人でも身長は人族の半分もないため、見ようによっては子供にも見える。

しかし、ビシリと背筋を伸《の》ばして立ったその姿勢を見れば、彼らが子供などではなく、立派な戦士だということがハッキリ分かった。過去に、幾度《いくど》も殺し合ってきたからだ。

緑鬼族《ゴブリン》は一人一人は弱いが、集団戦ではそこらのオークなどとは比べ物にならないほど強敵だ。中でも赤い帽子《ぼうし》を被《かぶ》ったリーダー格を赤帽族《レッドキャップ》と呼び、その個体の戦闘力《せんとうりょく》は並みの人族では歯が立たない。

「無礼ヲ、詫《わ》びル」

五名の緑鬼族《ゴブリン》が一斉《いっせい》に頭を下げる。この仕草は人族のものと少し違う。手が頭の位置にあり、祈《いの》りを捧《ささ》げているようにも思える姿勢だ。

「……悪いが、詫びられるようなことをした覚えはない。私でなく、彼らと話してはくれないだろうか」

「コイつ、ラ、でハ、駄目《だめ》だ」

「なんだと⁉」

血の気の多い若者が立ち上がり叫ぶが、再び頭取にどつかれ不満そうに座る。

「すまない。無礼を承知で聞きたいが、何が不満なのか教えてもらって良いだろうか？」

今なら話が出来そうだなと聞いてみると、質問が意外だったのか、緑鬼族《ゴブリン》らは一様に目を大きく見開いて顔を見合わせる。そして、一人が料理を指差した。

「ソレ、トゥエベのミ、ダナ」

「とぅえべ……あぁ、ばななというんだったか？」

彼が指したのは果物――バナナだ。今回の交渉のため、遠方から取り寄せた一品である。エドゥアールから遠く離《はな》れた暖かい地域で育てられている果物らしく、食べさせてもらったが、ねっとり甘くて大変美味であった。

「我ラに、ハ、毒ダ」

そう言われた瞬間《しゅんかん》、緊張《きんちょう》が走る。商人として成功し商会まで立ち上げることの出来た賢《かしこ》い彼らは、今の一言だけで状況を理解したのだ。理解していないのは、よく噛みつく若者くらいだろうか。

「……そうだったか。それは悪かった。食卓《しょくたく》に毒を並べられていたら、落ち着いて話も出来ないな。信じてもらえるかは分からないが、故意ではない。で、あろう？」

頭取に目配せを行うと、強く頷かれた。恐らく彼らが仕入れた品なのだ。

だが、最悪の選択《せんたく》をしてしまった。会談相手の毒になるものを堂々と提供するなど、これからするのは脅《おど》しだと言っているようなものなのだ。

「どうやら私たちは、互《たが》いのことを知らなすぎるようだ」

頭取は、会談の席だからと良いものを提供しようとしただけだ。極寒の大地にしては大変貴重な、暖かい地域でしか育たない食材を用意し、もてなそうとした。

そして緑鬼族《ゴブリン》らも、知らなかった。確かに人族というのは他種族に比べて知恵《ちえ》が回り、脅し合い裏切り合いをするが、常にそればかりを考えているわけではないことを。

「頭取よ、ここまで用意して貰って悪いが、場所を変えないか？　毒になる食材を下げられただけでは、彼らは納得出来ないであろう」

「……はい。ですが、そう都合の良い店は――」

「おすすめの店が、あるのだ」

そう、今日は珍《めずら》しくあの店が開いていた。会談で何か摘まむかもと考え食べに行くことはなかったが、この状況を変えるのに、あの店は良さそうだ。

時計を見ると、今は昼を過ぎた頃《ころ》。ならば大所帯でも入れるかもしれない。人気店なので混む時間帯だと厳しかろうが、このくらいなら恐らく大丈夫《だいじょうぶ》だろう。

彼らを先導し、食堂へ向かう。


中心街から少し外れたところにある迷宮《めいきゅう》食堂にやってくると、まず最初に口を開いたのは例の若者であった。

「あ、オレここ来たことあります」

「そうなのか？」

「あ、はい。友達に連れられてきて一回だけ。めっちゃ旨《うま》かったけど、それ以来開いてるの見てないんですよね。へぇ、今日は開いてるんだ……」

先程までは少々短気が気になった若者だが、外に出て風を浴びて落ち着いたのか、口調は随分《ずいぶん》と大人しい。むしろ、ここに来るまでの道で緑鬼族《ゴブリン》がはぐれないよう何度も何度も後ろを見ていたくらいには、普段《ふだん》ならば気の回る性格なのだろう。

「レイフさん、ここは？」

「うむ、私もたまにしか来れてないが、旨い料理を出す食堂だ」

「食堂、ですか……」

頭取は、連れて来られた先が豪勢《ごうせい》な料理を出すレストランなどではなく、町はずれの食堂だったということに少々驚《おどろ》いた様子だが、自分流のもてなしに失敗したばかりなのもあり、「他の店を」などと提案することはなかった。

とはいえ、予約もせず大人数で押《お》しかけてしまったので、まず店に聞いてみねば。皆に少々待つよう伝え、一人で店に入ると、店内を見回す。

「ん？」

「レイフの爺《じい》さんじゃないか！　まだ生きてたのか！」

入ってすぐの席で食事をしていた男が、こちらに気付いて話しかけてきた。

そちらに目を向けると、知った顔があった。エドゥアールの生まれではないが近くの町で戦時中に生まれた世代で、戦争が終わってからも度々《たびたび》訓練に来ていた若者のうち一人。

――とはいえ、彼が若者だったのは随分と昔のことになるが。

「何だったか、……そう、モーリス、モーリスだったか。……老《ふ》けたな？」

「ははは！　いや爺さんほどじゃないだろう！」

「違いない」

若者だった頃しか知らないが、面影《おもかげ》がある。モーリスは同世代の中で誰よりも小柄な割に、とにかくよく食っていたのを覚えている。幼い頃は小太りなのが原因で虐《いじ》められていたらしいが、戦う力を身に付けたことで虐められなくなったとか言っていたか。

立派に髭《ひげ》を蓄《たくわ》えたモーリスの姿は、爺さんと呼ばれる一歩手前だろうか。だが、磨《みが》き上げられた革鎧《かわよろい》を見るにまだ現役《げんえき》らしい。羨《うらや》ましいことだ。

「いらっしゃいませえ。後ろのは、お連れさん？」

てこてこと近づいて来た猫《ねこ》がそう聞いた。私が一人で店内に入った時には視界に入らなかったが、どこかから連れが居るのを見ていたのだろうか？

「あぁ。少々頼みがあるのだが――」


幸い、混雑時じゃなかったこと、更に毎日来ているらしい常連客モーリスの声掛けによって席を移動してくれた客もおり、無事十人が並んで座れる席を確保出来た。

商談自体に関係のない自分は離れたところに座るべきかと考えたが、頭取と緑鬼族《ゴブリン》に頼まれ、並びで座ることにする。

メニューを開いた頭取が、少し悩《なや》んだ末こちらに顔を向ける。

「何か、オススメの料理などはありますか?」

「ううむ……悩ましいが、私はいつもはんばあぐを頼んでおるな」

懐《なつ》かしい味がするのだと言おうとし、堪《こら》えた。ここに集まる商会の者は皆若く、一番歳《とし》を取っている者すら戦争末期の生まれ。巨大角鹿《コロッサス・ホーン》の味など知らぬ者ばかりだ。

緑鬼族《ゴブリン》も同じであろう。彼らは人族と比べて、随分と短命らしい。私より長生きしているエレが、種の中でも特別なだけなのだ。

「まぁ、どれも旨いぞ。……おっと」

各々《おのおの》メニューを開く商会の者とは全く違った反応を見せる者が居る。――緑鬼族《ゴブリン》達だ。

彼らのうち一人がこちらに倣《なら》ってメニューを開いたが、首を傾《かし》げ他の者も横から覗《のぞ》き込《こ》み同じ仕草をしている。――そうか、しまった。文字を読み流暢《りゅうちょう》に喋る前例を知っていたから、思い違いをしてしまった。一般的《いっぱんてき》な緑鬼族《ゴブリン》は文字が読めないのだ。

「……すまない、そこまで気が回ってなかった」

声を掛けてみたが、先程私に片言で話しかけてきた緑鬼族《ゴブリン》が誰かも分からない。服装が一緒《いっしょ》で外見の違いも見分けがつかないので、個体識別すら出来ないのだ。

緑鬼族《ゴブリン》の様子に気付いた給仕《きゅうじ》の少女が、「あ」と呟《つぶや》くと厨房《ちゅうぼう》に入り、中から一人の女を連れてくる。厨房から出てきたということは、調理担当だろうか？　しかし、女の格好は料理人のそれではなく、冒険者や傭兵《ようへい》のそれである。

――ふと、かつての情景が脳裏《のうり》に浮かぶ。

獰猛《どうもう》な眼。金色の髪《かみ》。竜《りゅう》と見紛《みまが》う無限の魔力。暴力の化身《けしん》。悪《イル・》者《レピュート》と呼ばれた災厄《さいやく》。

私は、かつてそれと相対した。いや、相対したと言えるだろうか。

一目見ただけで、吹《ふ》き飛ばされた。近くに転がっていた剣を地面に突《つ》き刺《さ》し、それ以上飛ばされないよう暴風の中で耐《た》え忍《しの》んでいただけだ。

何も知らない間に、戦場は更地《さらち》になっていた。身体を起こせる者は一人もおらず、皆満《みなまん》身創痍《しんそうい》で地に横たわる状況を見て、戦争に勝ったと言える者は居なかった。

椅子の倒《たお》れるガタンという大きな音を聞き、ようやく過去を思い返していた意識がこちらに戻《もど》ってきた。音のする方を見ると――

「おぉ、なんだエレ。そこに居たのか」

なんと、そこには旧友エレの姿があった。最初に店内に入った時には居なかったように思えたが、どうやら意識の外に居ただけらしい。

緑鬼族《ゴブリン》らが彼らの言葉で叫んでいる。聞き取れんが、エレが店内に居たことに驚いているということだけは伝わった。焦《あせ》りというのは、言葉など介《かい》さなくても分かるものだ。

しかし、焦っているのは緑鬼族《ゴブリン》だけでない。エレもそうだった。彼の表情は見るからに焦燥《しょうそう》を示し、見たことがないほどに頬が歪《ゆが》んでいる。

エレの大きな瞳《ひとみ》が見ているのは、厨房から出て来たあの女。どうやら、私と同じものを思い出してしまったのだろう。

かつて出会った災厄のような存在――それに酷似した、冒険者のようなあの女。

しかし、さて、うぅむ、私はここでどうするべきだろうか。

解決策など何も浮かばんが、とりあえずエレと目が合ったので手招きしておいた。エレは渋々《しぶしぶ》といった顔でこちらに近づいてきたが、女からは一切《いっさい》目を逸らさない。かつて戦士であった男は、戦わなくなった今も戦士の心を失っていないのだ。

刺し違えてでも同胞《どうほう》を救う――そんな決意を込めた目であったが、女の方はというところを一瞥《いちべつ》した程度で、決死の思いで睨む男を気にも留《と》めていない。

しかし、70年近くも前に会った相手が、今も同じ姿で生きているはずがないのだ。昔会ったかなんて聞けば、老人がボケたと思われるのが関の山であろう。

「ん？　あー、緑鬼族《ゴブリン》か。んーと、どこの訛《なま》りだ？　ちょっと喋《レスタファアドゥエレトレ》ってみろ」

人の心配をよそに女が知らぬ言葉を喋ると、エレに畏まった態度を取っていた緑鬼族《ゴブリン》らが一斉に女の方を振り向いた。どうやら、彼らには分かる言葉だったらしい。

「何故《デレ》、鬼《ゴブリスファロ》の言葉を喋れる？」

「マルセイあたりの純血種か。ならこれだけで良いな」

女がそう言って指で宙に何かを描《えが》くと、緑鬼族達《ゴブリンたち》が淡《あわ》い光に包まれる。理解不能の事象に少々慌《あわ》てた様子の緑鬼族《ゴブリン》だったが、光はすぐに収まった。

「なんだ⁉」「今の光は⁉」「頭が……⁉」

「おぉ、分かる、分かるぞ」

「喋ってる⁉」「何故だ！」「流石《さすが》首長様のご友人……斯様《かよう》な御業《みわざ》をお持ちとは……！」

「待て待て、一斉に喋らんでくれ。言葉が分かっても流石に聞きとれん」

一斉に流暢に話し出す緑鬼族《ゴブリン》に、面食《めんく》らったのは私だけでない。向かい合って座る、頭取も同じ反応であった。

「どうやら、そこな御仁《ごじん》が通訳をしてくれたらしい」

「通訳つーか、そいつらに翻訳魔術《ほんやくまじゅつ》が受信出来るようにしただけだ。店出ると使えなくなるから、話したいことあんならここで話しとけ。今なら文字も読めんだろ」

それだけ言うと、女は手を振って厨房に戻っていった。見かけによらんが、やはり料理人なのだろう。魔術の達者な料理人など珍《めずら》しいと思うが、冒険者は様々な要因で若くして引退する者も多いと聞くので、その類だろうか。

――かつて会った女と同一人物である可能性は、もう考えないことにした。仮に同一人物だとして、負けた己《おのれ》に何が出来るというのだ。

エレも同じことを考えたのか、目が合ったので頷《うなず》いた。正直なところ、こちらとしては同一人物でない方が都合がいいのだ。現役時代に手も足も出なかった存在と、今更対峙《いまさらたいじ》する勇気は流石に持ち合わせていない。

老兵らの心配をよそに、女の言う通りメニューが読めるようになった緑鬼族《ゴブリン》が、先程までとは少し変わった表情で何かを話し合いながらメニューと睨めっこをしている。

文化が違《ちが》うとはいえ流石に食堂という概念《がいねん》を知らないわけではないだろうが、そういえば通貨なども違うであろう。そのあたり、頭取も分かっていたのだろうか。通貨単位の違う相手との交渉など、とても容易なものとは思えんぞ。

「エレ、食事は？」

「……まだだ。注文を考えていたら、団体が入ってきてな」

「おぉ、そうだったか。ならこちらに移ってくれ。私も話し相手が欲《ほ》しくてな」

空いていた隣《となり》の椅子を引いてやると、杖《つえ》をついたエレがそちらに座った。

それにしても、エレは気配を殺すのが上手《うま》い。戦士ほど、目で見えぬ感覚を頼《たよ》りにしているのだ。私だけでなく緑鬼族《ゴブリン》すらも店内にエレが居たことに気付かなかったのは、エレが気配を完全に絶っていたからだろう。逆に、戦士でない頭取達には最初からエレの姿が見えていたに違いない。

「どういう状況だ？」

エレは同胞である緑鬼族《ゴブリン》でなくこちらに向けて聞いてきたので、知っていることを話すことにする。とはいえ、おおまかな話しか聞いていないのだが。

エレのように、流氷を渡ってきた緑鬼族《ゴブリン》が居たこと。彼らの姿を見た商会の者が、流氷を渡れる緑鬼族《ゴブリン》なら遠方からの輸送が可能ではないかと考えたことを話すと、エレは口元に手を当て「まぁ外を知るのも悪くないか……」と呟いた。

身内としか関《かか》わってこなかった若者達が外の世界を知る、絶好の機会と考えたのだろう。あの凄惨《せいさん》な戦場を知らない若い世代は、他種族に対する忌避《きひ》感をあまり持っていない。それは人族《こちら》だけでなく、緑鬼族《かれら》も同じであったようだ。

しかしながら、かつて殺し合った宿敵と交流するとなると、上の世代の反発は避《さ》けられない。故に頭取は、若い世代の商会主だけを集めてこの会談に臨《のぞ》んだのだ。

「ふむ……煮込《にこ》みはんばあぐというのもあるのか」

メニューが回ってきたので受け取ると、以前来た時と少々配置などが変わっているようだ。定番メニューはそのままだが、聞き覚えのない料理や食材が増えている。

頭取達の会話に耳を傾けると、どうやらこのあたりでは取れないはずの食材も使われているようだ。うむ、しかしとうに絶滅《ぜつめつ》した巨大角鹿《コロッサス・ホーン》に酷似した肉を出せるこの店のことだ、何かしらの流通手段を持っているのだろう。

しばらく待って皆《みな》の注文が決まってから、まとめて注文する。この規模の食堂で十人以上の注文を一度に作れるはずはないから個別に頼《たの》んでも良かったのだが、それに気付いたのは注文した後であった。

まぁ、結局料理を決めきれなかった緑鬼族《ゴブリン》にはハンバーグステーキ定食を勧《すす》め、皆それを注文することになったのだが。

しばらく時間がかかると見たが、10分もしないうちに皆の料理が揃《そろ》った。料理を運ぶために喋る猫が人になった瞬間は思わず感嘆《かんたん》の声を漏《も》らしてしまったが、この店では普通《ふつう》のことなのか、常連客が驚いた様子はなかった。

「獣人とは、あぁも見事な人の姿になれるものなのか」

小さくそう呟くと、エレが首を横に振る。どうやら、一般的ではないらしい。

言われてみると、数えきれないほど多くの獣人種と戦ってきたが、完全な獣《けもの》の姿を取る獣人というのを見たことはなかった。

「……さて」

目の前に置かれた陶器製《とうきせい》の小鍋《こなべ》には、大振《おおぶ》りのハンバーグが鎮座する。

定番のハンバーグステーキ定食でなく、今回頼んだのは煮込みハンバーグ定食だ。次に来れるのがいつになるかも分からないので、好物の別バリエーションを食べておきたいと考えたのである。

ほとんど黒に近いほど煮込まれたブラウンシチューは小鍋ごと温められていたのか、ぐつぐつと音を立てている。鉄板で提供されるハンバーグステーキも良いが、これもまた食欲を誘《さそ》う魅《み》せ方《かた》だ。

鼻をくすぐる香《かお》りは、単一の食材ではありえない、野菜や肉の混ざり合った芳醇《ほうじゅん》な香り。シチューの色が黒いのに、焦《こ》げた嫌《いや》な臭《にお》いは一切しない。

食事の前に、まずは一礼。握《にぎ》り拳《こぶし》を掌《てのひら》に押し付け、祈りを捧げる。本日も恵《めぐ》みをありがとう、この肉を、余すことなく我《わ》が糧《かて》に——。

拳を解き、スプーンを取るべきか、それともフォークにするべきか一瞬《いっしゅん》悩《なや》んだ末、スプーンを手に取った。

シチューを味わいたい気持ちもあったが、まずは肉である。スプーンを柔《やわ》らかいハンバーグに押し当てるとさくりと割れ、中からじゅわりと透明《とうめい》な肉汁《にくじゅう》が溢《あふ》れ出した。

あぁ勿体《もったい》ないと一瞬思ったが、肉汁はブラウンシチューに混ざり合ってきらきらと脂《あぶら》を輝《かがや》かせる。なるほど、これなら零《こぼ》れた肉汁も無駄《むだ》にはならんなと考えを改め、大きく切ったハンバーグを頬張《ほおば》った。

じゅわり、と口内で溢れ出る肉汁の洪水《こうずい》。切った時にあれほど肉汁が零れたというのに、食べてみるとジューシーさが損《そこ》なわれていないのは流石の仕事だ。熱々の肉汁で口内を火傷《やけど》しないよう、はふ、はふと吐《と》息《いき》を混ぜ合わせる。

ハンバーグステーキ定食と違い、煮込みハンバーグは挽肉の大きさをまばらにすることで食感に変化を生み出しているようで、ほどけるような柔らかい部分のほかに、時折現れる大きめの肉片《にくへん》は、歯に程《ほど》よい弾力《だんりょく》を与《あた》えてくれる。ほとんど赤身であるにも拘《かか》わらず、内包された肉汁は軽さを感じさせない。そして、それらを纏《まと》め上げるのが――

「この、シチューか」

濃厚《のうこう》なブラウンシチューは、ハンバーグステーキ定食に掛《か》けられたソースとはまた違う。あちらは果物の甘味《あまみ》を強く感じる濃厚なデミグラスソースであったが、こちらは炒《いた》めた野菜の持つほのかな甘味や肉の重厚《じゅうこう》さを感じさせてくれるシチューである。

とろりとした舌触《したざわ》りのシチューは、喉《のど》を通し、鼻をくすぐり、煮込まれた様々な食材の存在をこれでもかと伝えてくる。一体どれほど煮込み続ければ、こうも原型の残らぬシチューに複雑な味わいを与えることが出来るのだろうか。料理人の苦労が偲《しの》ばれる。

それに、この色だ。ほとんど黒になるまで火を入れるということは、一歩間違《まちが》えれば焦げや炭である。黒さとは、即《すなわ》ち焦げた色であるはずなのだ。しかし焦げた様子は香りからも味からも一切感じさせないので、何か工夫があるのか、それとも自分が知らない何かの法則が働いているのだろうか。

料理は最低限食べられるものを作るくらいしか覚える余裕《よゆう》がなかったので、手順を想像することも出来ない。肉を焼いて塩を振るのとは話が違うのだ。

「やはり、旨いな。長生きした甲斐《かい》があるというもの」

「同感だ。このような店が昔からあったらなぁ……」

隣で煮込みハンバーグを食べていたエレが呟いた言葉に同意する。

他の者の反応を見ると、たかが食堂料理と侮《あなど》っていたであろう頭取が口元を押さえていた。どうやら店の選出は彼らにも満足頂けるものであったらしい。

こうも旨く、そして安いと、毎日店を開けていれば常に行列が途絶《とだ》えぬ人気店になるはずなのに、月に数度、それも不定期に開くものだから、その日に気付いた者だけが入れる仕組みだ。全く、上手くやっておるものよ。

「いつものはんばあぐも良いが、うぅむ、これも良いな……」

スプーンで掬《すく》ってそのまま飲み続けていたくなるほど旨いシチューだが、我慢《がまん》してライスを掬い、シチューにどぼんと一度落としてから口へ運ぶ。少々行儀《ぎょうぎ》が悪い食べ方だが、そのくらいは許して貰《もら》おう。

「ほう……」

ハンバーグとシチュー。それだけで充分《じゅうぶん》組み合わせとしては満点なのに、しかしそこにライスが加わればどうだろう。

形が残らぬほど具材が溶《と》け込んだシチューは、ライスと一緒に食べても喧嘩《けんか》せず、それどころかライスの存在そのものを受け止める母のような存在へと昇華《しょうか》した。

「ではまさか、こうすれば――」

ライスを載せたスプーンでハンバーグを少し削《けず》り、シチューと一緒に掬いあげて口へ。

食べ進めていても未《いま》だ熱さの衰《おとろ》えぬシチューを吐息で冷ましながらも咀嚼《そしゃく》すると、そこには確かに具材の顔が見えた。特有の甘味を持つライス、純粋《じゅんすい》な巨大角鹿《コロッサス・ホーン》の肉、そして大量の野菜と肉が溶け込んだシチューの味が混然一体となり、口の中に楽園を生み出した。

――なんだここは。私は今、天にでも上ったのか？

そう錯覚《さっかく》してしまうほどの完成度に、思わずスプーンを置き天を仰ぐ。危ない危ない、まだ死ぬつもりはないのだ。こんなところで料理に感動して昇天《しょうてん》してる場合ではない。

「うむ、いやしかし……」

普通に煮込んだだけで、こうも完璧《かんぺき》な調和をするものだろうか。

シチューとハンバーグにライスは、言ってしまえば異物。食材も違えば作り方も違う、それぞれが一つの料理として完成しているはずなのに、混ざり合うと更《さら》に高みへ上る。そんな料理の組み合わせを見つけるのに、料理人はどれほどの苦労をしているのだろう。

料理には、戦いしか知らなかった自分には想像もつかないほどの歴史と研鑽《けんさん》があるのだ。

それを思い知らされたようで、胸がぎゅっと痛くなる。

「骨……？　でもこれは……」

私と同じように煮込みハンバーグとライスの調和に気付いた頭取が、小さく呟いた。

「骨、となっ?」

「はい。このような調和をさせるためには、肉と骨や内臓といった、同じ動物の食材を使うことがあると聞きます。ただ、このハンバーグに使われている鹿肉《しかにく》のように滋味《じみ》のある食材でもその理屈《りくつ》が通用するのか、と考えまして」

「……ふむ」

「先の店主に聞いてみるのが良いのですが、この店の管轄《かんかつ》は――」

頭取が目を向けたのは、今回の商談に臨む商会の中では紅一点、吊《つ》り上がった眉《まゆ》が特徴《とくちょう》的《てき》な、若い女商人である。少し浅黒く焼けた肌《はだ》は、雪焼けで肌が赤くなる者の多いこのあたりでは珍しい色に染まっている。異国の血が濃《こ》いのだろうか?

「へ?　ウチかい?」

「イェルダ、あなたのところの管轄でしょう、この店は」

「へぇー?　そうなん?」

「……正確なところは登記を確認《かくにん》しないと分かりませんが、ここに以前あったヨルディス雑貨はあなたの商会の持ち物だったと記憶《きおく》しています。まさか、覚えていないんですか?」

「やー、流石に下のモンがしてる取引まで覚えとらんわ。よく分からんけど、ウチが聞きゃええってことね。んじゃ、店主さーん」

イェルダと呼ばれた女商人が手を上げると、「はぁい」と返事をする者が居る。席に水や料理を届けに来た、給仕の少女だ。

「あ、や、違うて、さっきの店主さん呼んで欲しんだけど」

「え？　あ、違います、リューさんじゃなくて、店主は私の方です」

少女が自分に指をさして答えた。嘘を言っている風ではない。仮に嘘だとしたらとんでもない役者だ。誰《だれ》も疑いの目を向けないほど、はっきりとした物言いである。

「あ、そなん？　じゃ、このシチューに何使ってるか教えて貰ってええ？」

「えっと、変なものは使ってないと思いますよ？　巨大角鹿《コロッサス・ホーン》のすじ肉とあばら骨を使ってるくらいで、あとは普通のお野菜です」

「へぇー、ありがとな。なぁドグラスさん、巨大角鹿《コロッサス・ホーン》て知っとる？」

「……存じ上げませんね」

「はーん、ウチみたいな土地転がしやのうて、食いモン扱《あつか》っとるドグラスさんが知らんなら、そういう食材ちゅーことやろ」

ドグラス――頭取がそう言われ、不本意ながら納得《なっとく》したかのような表情で頷いた。

確かに、当時を知らない彼らにとって巨大角鹿《コロッサス・ホーン》は見知らぬ食材なのだろう。一人くらいは名を知っていてもおかしくないと思ったが、それは年寄りの感傷か。

あくまでそれに似た、と付けなければいけないが、つまるところ頭取の予想通り、同じ鹿から取れた複数の部位を、別々の料理で使い分け、更に完成したそれらを組み合わせているということである。調和の正体は、食材にあったのだ。

「はじめ一つであったものが、口の中で再び一つになる、か……」

思ったことをそのまま呟くと、偶然《ぐうぜん》静かになった瞬間だったからか、店内で注目を集めてしまったようだ。モーリスに「深いな……」とか言われると、少し恥《は》ずかしくなるからやめて欲しいのだが。

「其方《そちら》は、どうだ?」

正面でフォーク片手に黙々《もくもく》とハンバーグステーキを食べ続けていた緑鬼族《ゴブリン》に問うと、口をぱんぱんに膨《ふく》らませたまま大きく頷かれた。どうやら、満足いく味であったらしい。

以前この店でエレと再会した時にも思ったが、私達は見た目は違えど味覚にそこまで大きな差はない。むしろ、重要なのはそこなのだ。

「頭取よ。私の言いたいことは、分かるかな」

「……はい」

はじめは大きな過《あやま》ちを犯《おか》してしまったが、彼は若くして商会のトップに上り詰《つ》めた男だ。

商人ですらない私の考えていることなど、平常時ならばすぐに分かったことだろう。

こちらが提供出来るものは、――そう、食だ。

人には、長年積み重ねて来た料理という歴史がある。

食材をどう育て、どう使い、余すことなく活《い》かして新たに生み出す料理という文化は、肉体の劣《おと》る人族の秀《ひい》でた技能の一つだ。

ならば、どう攻《せ》めるか。それは私の知るところではない。頭取達が考え、彼らに提案することだ。

「料理を運ぶか？」

「いや、それよりあっちに店を作った方が――」

「なら人か。流氷の時期を避ければ――」

緑鬼族《ゴブリン》らの食事が終わるまでに、商人らは言葉を交《か》わす。もうここからは、私が口を挟《はさ》む必要はなさそうだ。

皆の会話に耳を傾《かたむ》けながら、黙々と食事を続ける。ようやっと食べ終えた時には、結論も出たようだ。代表して頭取が、緑鬼族《ゴブリン》に向け交渉《こうしょう》を始めた。

（うむ、エレ。――繋がったぞ）

エレを見る。言葉にせずとも、伝わったろう。エレは大きく頷き、同胞たる緑鬼族《ゴブリン》に目を向けると口角を少しだけ上げ、彼《かれ》らに告げた。「好きにしろ」、と。

かつて命を賭《か》けて殺し合った者たちが、過去の遺恨《いこん》を捨てて未来の為《ため》に話し合う。なんと素晴《すば》らしいことか。生き永らえた甲斐があったというもの。

我らの屍《しかばね》を踏《ふ》み越《こ》え、次なる世代が未来を作っていく。

老兵死して、轍《わだち》になる。このあたりに古くから伝わる諺《ことわざ》だ。

さて、これで心残りもなくなった。残りの人生を目《め》一杯《いっぱい》、最期《さいご》まで楽しむとするか。

新店オープンのお知らせ

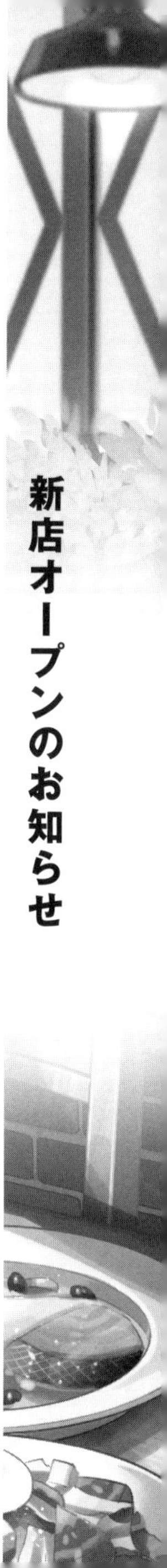

「慰安《いあん》旅行のご案内、ねぇ……」

冒険者《ぼうけんしゃ》ギルド人事部から渡《わた》された一枚のチラシを手に溜息《ためいき》を吐《つ》いたのは、神槍《しんそう》の二つ名を持つ男、ファブリスだ。

「先生は行かないんですか？」

「……三日空けるのは無理だろ、流石に」

ギルド職員としての部下であり、冒険者としての弟子《でし》でもあるヘイディに問われ、チラシを丸めてゴミ箱に投げ入れた。

机の上に山積みされた書類は、どこぞの無能部署のように、ただ見てハンコを押すだけで終わるものではない。一つ一つ情報を精査した上で、時には自ら足を運んで調査をし、それから報告書を書いてようやく終わるような面倒《めんどう》な書類たち。

正直なところ、俺《おれ》が生きてるうちに全《すべ》てを終わらせるなんて不可能なことだと分かっている。だから先代の管理部門長などは在任数十年の間、大して仕事もせず遊び惚《ほう》けていたと聞くが、そこまでサボるほどの勇気はなかった。

だからといって、減らないどころか増え続ける書類を毎日見ていると、全て投げだして帰って寝《ね》たい気持ちにはなる。

「数日休んだところで、あまり変わらないと思いますが」

「……それはそうなんだが、先代みたいになるわけにはな」

ヘイディも、この書類の山がなくなる日はないのだということを分かっている。だからこそ提案してくれたのだろう。

別に、上からの査定とかは気にしていない。そもそも、金に困って働いているわけではないのだ。生きるのに十分すぎる貯金は、とっくに貯《た》まっている。

それでも仕事を続けているのは、これが勇者として魔王《まおう》を殺した男の第二の人生であると、信じていたいからだ。

「でしたら、こういうのはどうでしょう」

「……ん？」

書類の山から適当に引っこ抜《ぬ》いた一枚を眺《なが》めていると、視界の外からヘイディが依頼書《いらいしょ》を差し出してきた。受け取ると、冒険者でなく、ギルド職員向けの依頼のようだ。

「温泉旅館プレオープンのお知らせ？　なんだこれ？」

「同僚《どうりょう》から貰いましたが、日程がちょうど慰安旅行と被《かぶ》ってるので行けないと言われまして。代わりにどうかと渡されていたんです」

「ふぅん……」

形式は依頼書ではあるが、どうやらギルドとコネを作りたい経営者が、無償《むしょう》で職員を招待する、という企画書《きかくしょ》のようだ。

職員に利用して貰えれば冒険者に案内する機会も増えると考えたのだろう。横の繋《つな》がりが広い世界なので、まず職員から抱《だ》き込むというのはあながち間違ってはいない。

「一日くらいなら、良いか……」

「じゃあ、まだ空いてるか聞いてみますね」

「あぁ、宜《よろ》しく頼む」

片手で器用に事務仕事をするヘイディにもし両手があったら処理が倍速になるのだろうかとか馬鹿《ばか》なことを考えながら、冷めてしまった紅茶を喉に流し込む。溶かしすぎた砂糖が、脳を少しだけ活性化させた。

＊

「……こんな近くに旅館なんてあったか？」

「えぇと……どうでしょう。あったような気もしますし、なかったような気もしますね」

その日は、温泉旅館のプレオープン日。ギルド職員以外にもチラシは渡っていたのか、しばらく旅館を外から眺めていると時折客が入っていくのが見てとれた。

ギルドから徒歩30分ほどで着いた旅館は三階建てで、横にはそれなりに広い。まだ外装も作りかけなのか随分と簡素な作りをしているが、チラシに載《の》っていた旅館の場所はここで間違いなさそうだ。

「ウィリさん達も来れれば良かったんですが」

「……まさか普通に慰安《いあん》旅行の方に行くとはな」

「ですね………………」

管理部門は職員があまり多いわけではないので、職員とは毎日顔を合わせている。

だが、今日の今日、部下の狼獣人《おおかみじゅうじん》ウィリが「じゃあ行ってきまーす」と言って当然のように抜《ぬ》け駆《が》けしているのを見て、止める気力も湧《わ》かなかった。

後で聞いたところ他の職員も皆《みな》慰安旅行の方に向かうらしく、行かずに仕事をしようとしていたのはファブリスとヘイディの二名だけであった。

しかし、三日もギルドを空ける気にはなれなかったのは事実。もし皆が行くと事前に聞いていたら、よりそちらには行かないと断っただろう。

「まぁ、入るか」

「ですね」

外から眺めているだけでは何も始まらない。プレオープンというのだから不手際《ふてぎわ》もあるだろうし、そのあたりは大目に見ようと、扉《とびら》を開け旅館に入った。

「……中は思ったよりちゃんとしてるな」

「えぇ。外観があぁだったので中も作りかけかと思いましたが」

受付にこのチラシを持っていくだけで良いらしいが、入ってすぐの玄関《げんかん》に受付はなく、いくつかの民芸品が飾《かざ》られているだけだった。

とりあえず道なりに廊下《ろうか》を進んでいると、広い部屋に辿《たど》り着く。

「い、いらっひゃいましぇ！」

「噛《か》んだな」

「……噛みましたね」

受付に居た10歳前後の少女が、こちらに大きく頭を下げていた。異国風の装束に身を包んでいるが、そこらの子供の小遣《こづか》い稼《かせ》ぎでないのは肌つやを見るだけで一目瞭然《いちもくりょうぜん》だ。

そして、何より目に入るのが、カウンターに置かれた巨大《きょだい》な石像。

「旅館に守護像《ガーゴイル》って……」

どうやら、魔導具《まどうぐ》であるところの守護像《ガーゴイル》で間違いなさそうだ。あれは外敵を見つけると起動し、石の翼《つばさ》で空を舞《ま》い対象が死ぬまで攻撃《こうげき》を続けるという恐《おそ》ろしい存在である。

普通は迷宮《めいきゅう》の中、それも最深部にしか置かれないようなものが、なんでこんなところに。

しかしその突っ込みをする前に、別の疑問を覚えた。

「ん……？」

お辞儀《じぎ》をしていた少女が頭を上げ、目が合った。――なんか、見たことあるな。

「……カロラさん？」

「だよな。……なんでこんなとこに居るんだ？」

「さぁ……」

小声で言い合っていると「こちらへどうぞ！」と声を掛けられたので、カウンターに向かう。近くで見ると、やはり似ている。というか声も同じだし、同一人物でないのなら双子《ふたご》か何かだろうか。いや王族の双子なんてそうそう居ないと思うが。

しかし、俺やヘイディの顔を見ても何とも反応しない。もし最近食堂で度々会う魔導国家アシェル王族であるところのカロラならば、常連とこんなところで顔を合わせたら何かしらの反応をしてもおかしくないはずだ。というか、王族って働くものなのか？

「ええと、君は……」

「カロ――じゃなかった、キャロルよ！　……ですっ！」

「………」

「言い間違えたの！　ですっ！」

「「………」」

いややっぱりこれ本人だなとヘイディと顔を合わせ、頷き合う。まぁ、偽名《ぎめい》を名乗るということは知られたくない理由があるのだろう。しかし演技が下手だ。敬語を使おうとしているのは分かるが、ただの平民などではないと誰の目からも明らかだ。

「まぁ、誰でも良いか。これ貰ったんだが、どうすれば良い？」

「ありがとうございましゅ！　えっと、ヘイディさんとファブリスさんね！　あなたたちは三階の七号室、鍵《かぎ》はこれで、あっちに階段があるわ！　温泉は地下にあって男女別だから好きな時間に入って！　あとごはん食べたくなったらお部屋の鈴《すず》鳴らして貰えればすぐに届けに行くわ！　ごゆっくり！」

もはや途中《とちゅう》から取り繕《つくろ》うことすらやめた口調で案内されたが、突っ込みはせずそのまま案内された階段の方へ向かう。

「王族の社会勉強でしょうか……」

しばらく黙《だま》っていたヘイディが、階段を上りながらボソリと呟いた。

「分からないが、……いつもよりはマシだな」

「それは、そうですね……」

食堂に来るときよりは全然マシだ。今くらいの態度ならまだ可愛《かわい》らしいで済むが、食堂に客として来た時のカロラは、正直好感が持てるタイプではない。

まぁ子供だからギリギリ許せるが、あのまま大人になられたらどこかで揉《も》めそうだな、とは断言出来る。だからこその社会勉強だろうか。

俺達《おれたち》は別にアシェル国民ではないが、普段《ふだん》のカロラと接して尚《なお》、彼女《かのじょ》に王女になってもらいたいと思う国民は、きっとあまり多くはない。アシェルに悪い評判は聞かないが、民主制の国も増えてきた現代、王制という時点で国民から評価されないことも多い。

「……っと、部屋はここか」

今更《いまさら》、男女同部屋であることにどうこういうつもりはない。十数年の付き合いがあって、勇者であった頃《ころ》など迷宮の中で僅《わず》かな隙間《すきま》で肩《かた》を寄せ合って寝たことまである。

ヘイディも全く気にしない様子で部屋に入ってきたので、気にするのも野暮《やぼ》だ。

「ほう……」

「窓、あったんですね」

「さっきは閉じられてたみたいに見えたが……」

外から見たところ、部屋の窓らしき枠《わく》は全て埋《う》められているように見えた。だが実際部屋に入ってみると窓から外の風景ははっきり見えるし、窓に近づいて下を眺めると、確かに旅館の前の道だ。おかしなところは特にない。

そして、室内はプレオープンということもあり、全く使われていないであろう新品の寝《しん》具《ぐ》や調度品が並ぶ、リビングと寝室《しんしつ》に分かれた豪華《ごうか》な部屋であった。

一体一泊《ぱく》いくら取るつもりなのだろう。こんな部屋、冒険者が日常的に使うようなランクの部屋じゃない。これがこの旅館の中で最上級の部屋でないのだとしたら、ギルドから冒険者に案内するような宿泊施設《しゅくはくしせつ》には成り得ない。

もっとも、どこぞの食堂のように原価や客層を完全に無視した道楽のような店がないわけではないが、この旅館がどちらかは現状では分からない。

「まだ夕飯の時間でもないし、風呂《ふろ》でも行こうと思うが――どうする？」

「そうですね。……私は少し館内を散歩してみようかと」

何もない空間を眺めていたヘイディにそう返され、少しだけ懐《なつ》かしさを覚えた。

昔からヘイディはこのような仕草をすることがあったのだ。理由を説明されたことはないのだが、元教会騎士《きし》ということもあり、常人には見えないものが見えているのだろうな、と考えることにしていた。

悪性のものなら自分で祓《はら》うだろう。残念ながら槍しか取《と》り柄《え》のない俺は、霊体《れいたい》に対する攻撃手段をほとんど持たない。そこに居ることが分かればなんとかならないこともないが、ヘイディが何も言わないうちは大丈夫《だいじょうぶ》だ。

部屋を出て、どこから来たのかよく分からなくなるほど入り組んだ廊下と曲がりくねった階段を降り、時折壁《かべ》に掛けられた矢印に従って浴場へ向かう。

＊

「どうして、こんなところに……」

先生が居なくなった部屋で一人呟《つぶや》くと、反応する者が居る。

中空をぷかぷかと浮《う》かぶ存在――精霊《せいれい》だ。

私は、生まれた時から精霊を見ることが出来た。しかし、言葉を話せるようになり、皆に見えないものが見えると世話係に伝えた時――あの顔を一目見ただけで、それを口にしてはならないと子供ながらに知った。

精霊が見える理由はついぞ知ることはなかったし、別に見えるからといって何か良いことがあるわけでもない。あちらが何を言っているのか、何をしたいのか何を求めているのかどうしてここに居るのか、何一つとして分からないからだ。

しかし、この部屋に居る精霊は何か違う。どこか意志のようなものを感じるのだ。

光が浮いているようにしか見えないが、見られていることに気付き、喜び、そして何かを伝えようとしている——そんな気がする。

とはいえ、言葉が通じるわけではないので、光が動くだけでは何も分からないのだが。

「……鈴？」

光がぷかぷかと浮かび、壁に掛けられた鈴の周りをくるくると回る。

そういえば、鈴を鳴らせば食事が届くと受付で言われたっけ。今はまだ食事の時間ではないが、この鈴を鳴らすと、精霊がどこかにそれを伝えに行くということだろうか。

「ひょっとして、他の部屋にもあなた達が居るんですか？」

精霊は同意——したかのように動いたように見える。少なくとも否定ではない動きに思えた。精霊とここまで意思の疎通《そつう》が取れるのは初めてなので、少しだけ楽しくなった。

「館内を案内してくれますか？」

そう伝えると、精霊は嬉《うれ》しそうに部屋を出ていった。——勿論《もちろん》、壁を抜けて。

「……まぁ、そうなりますよね」

慌《あわ》てて部屋を出て精霊を探す。――が、駄目《だめ》だ。分からない。

廊下には数えきれないほどの光が浮いていた。この旅館は、精霊が多すぎるのだ。人造物を嫌《きら》うと言われている精霊は、普段ならば室内で見ることすら稀《まれ》である。

どの光が先程《さきほど》部屋に居た精霊なのか見分けようとじっと目を凝《こ》らしていると、なんとなく、あれじゃないかなという光を見つけた。どうして分かったのかと言われれば、動きが先程の個体と同じ気がしたからだ。

そもそも精霊に人のような個体や個性があるのかも知らないので、この識別に意味があるのかは分からないのだが、一先《ひとま》ず見分けた精霊を信じて付いていくことにした。


案内されたのは、屋上だ。どうしていきなり階段を上るのか疑問を覚えたが、扉を開けてすぐに理解した。屋上が庭園になっていたのだ。

まだ未完成のようで、所々に埋められていない植栽《しょくさい》があったり足場の確保もまばらにしかされていないが、いくつかの花壇《かだん》は様々な色の花を咲《さ》かせている。

精霊に案内されたベンチに座《すわ》っていると、床《ゆか》からじわじわと精霊が上がってくる。花壇の周りは、日が沈《しず》みかけている時間にも拘《かか》わらず、まるで朝日を浴びているかのように明るく染まっていた。

なるほど、確かにこれは眺めているだけで楽しい光景である。

教会騎士として活動していた頃は神域に足を踏み入れることもあったから、大量の精霊が舞い踊《おど》る場面に遭遇《そうぐう》したことだってあった。ただ、それが見えていたのは私以外では高位神官の老人だけだったので、幻想的《げんそうてき》な風景を楽しむような風情《ふぜい》は持ち合わせていなかったのだが。

「あなたが見せたかったのは、これですか？」

恐らく見分けられている部屋の精霊に問いかけると、頷《うなず》かれたような気がする。

そのまましばらく眺めていたが、下に降りようという動きを見せられたので、ベンチから立ち上がり付いていくことにした。

次に案内されたのは、二階にある厨房《ちゅうぼう》らしき場所だ。どうして厨房か分かったかと言われれば、通風孔《つうふうこう》から僅かに料理の匂《にお》いが漏れているからである。

精霊は壁を越えて中に入っていく。だが、部屋の周囲を回ってみたが扉らしきものは見当たらないし、中から音が漏れ聞こえることもなかった。扉があっても入って良いものかは分からないが、少なくとも客側の廊下からは入れない部屋なのだろう。

しばらく立ち止まって待っていると、中から精霊が出てきた。私が入れないことに気付かなかったのか、少しだけ申し訳なさそうな様子である。

「気にしなくて良いですよ」

そう伝えると、ほっとした――ような動きをされた。いや、おかしい。どうしてここまで分かるのだろう。一瞬疑問に覚えたが、私が慣れただけかなと思考を切り替《か》えた。

それからは地下二階にある温泉に連れていかれたので、そのまま入ることにした。

――が、不思議なことにこれまで先導してくれた精霊は、脱衣所《だついじょ》の手前で立ち止まる。

「ひょっとして――男の子ですか?」

問うと、頷かれた。なるほど、そういうことか。確かに男性ならば女性用の脱衣所に入るわけにはいかない。精霊に男女の区別があるなんて聞いたこともないけれど。それじゃまるで、生物みたいじゃない。

ともかく、部屋で待っていると動作で伝えてくれた精霊は、天井《てんじょう》に突《つ》き刺《さ》さるように飛《ひ》翔《しょう》して部屋に戻《もど》っていったので、私は温泉を堪能《たんのう》した。

プレオープン期間だからか広さの割に客は少なく、天井がさほど高くないにも拘わらず照明や壁紙《かべがみ》を工夫《くふう》して夜空のように見える、不思議な空間だ。

温度の違《ちが》う数種類の浴槽《よくそう》だけでなく、薬草の浮いたもの、珍《めずら》しいものだと異国式の蒸気風呂まで備えられており、有名な温泉街と比べても遜色《そんしょく》ないと思える良い温泉であった。

＊

「お待たせしました！」

鈴を鳴らして10分ほど待つと、扉が叩《たた》かれ声が聞こえる。

扉を開けて迎《むか》え入れると、料理を満載《まんさい》したカートを押《お》すカロラがそこに居た。

手際《てぎわ》よくテーブルに並べられていく料理を見ていると、どうしても座って待っていられなくなり、思わず手を伸《の》ばそうとした瞬間《しゅんかん》、ヘイディに腕《うで》を引かれ止められた。

「ごゆっくり！」

そう言ってカロラが部屋を出ていくのを待ち、ようやく堪《こら》えていた溜息が漏《も》れた。

「……俺、王族に配膳《はいぜん》させたの初めてなんだが」

「私もですよ……」

ともかく、疑問は残るが質問は許されていない。気になれば後で調べれば良いのだ。

そもそもアシェルなんて転移無しじゃ移動に数日かかるのだが――とまで考えたところで、ふと納得出来そうな推論が浮かんだ。

「魔竜《まりゅう》か？」

「私もそう思いました。あと、その――」

「どうした？」

手元の料理に視線を落としたヘイディが、言いづらそうに口を開く。

「料理の盛り付け方が、クロエさんに似てる気がするんですよね」

「…………」

そう言われ、料理を凝視《ぎょうし》する。一度に全ての料理を持ってくる関係上、すぐ出してすぐ食べる食堂料理とは、随分《ずいぶん》と違った料理の選出である。

普段食堂では魚料理ばかりを食べているし、他人が何を食べてるかあまり気にしてないので分からないが、そう言われるとそんな気もしてくる。

「食べれば分かるか……？」

残念ながら盛り付けでは判断出来ないので、味で判断しよう。

まずは、一番気になった刺身《さしみ》から。隣《となり》に置かれた料理の説明書きを読むと、サザンドリーヴァーデンという知らない魚の名が書かれていた。

見た目はサーモンに似たピンクオレンジ色だが、サーモンに比べると随分と小さい魚のようで、切り身は細長くなっている。

「……旨《うま》いな」

さっぱりとした脂《あぶら》乗りに加え、コリコリとした食感があり、サーモンとは違う魚であると一口で分かった。ほのかな甘《あま》みに加え、あまり魚から感じることのない独特の香《こう》がある。

僅かに柚子《ゆず》の皮が散らされているが、臭《くさ》み消しでなく風味付けであろう。海魚特有の海《うみ》臭《ぐさ》さを感じないので、恐らく川魚だ。川魚を生食することは滅多《めった》にないが、冒険者時代のヘイディなら毒魚だろうが何でも浄化《じょうか》して食べていたので気にしていない様子。

「うーん……」

一品目を食べきっても分からなかったので、次は隣にあった胡麻和《ごまあ》えを。

キュウリと人参《にんじん》のカリカリした食感の胡麻和えは小鉢《こばち》にするには惜《お》しいくらいで、サラダとして食べたいと思ったほどの出来栄《できば》えだ。

さて、自由に食べて良いのだから次は温かいものを。

温かい椀《わん》は蓋《ふた》のついたものが二つ。片方を開けると煮物《にもの》で、もう片方は——

「おぉ……」

椀の中では、宝石のような魚卵《ぎょらん》が輝《かがや》いていた。

添《そ》えられた小さなスプーンで掬ってみると、どうやら卵と出汁《だし》を蒸《む》した茶碗蒸《ちゃわんむ》しらしい。蒸した後で冷ました餡《あん》を掛《か》け、その上から魚卵を盛ることで、魚卵に火が入るのを避《さ》けているようだ。食堂とは随分と違う、高級料亭《りょうてい》で出るような細かな料理である。

魚卵は三種類。赤い見慣れたものは恐らくサーモンから取れるイクラで、他には粒《つぶ》の小さな黒いもの、そして見慣れぬ楕円形《だえんけい》の黄色い卵が載っている。

「……これ、何の卵だ？」

「さぁ……」

とりあえず魚卵を避けて食べると、熱すぎず、ほっと温まる出汁の香《かお》りが鼻を抜ける。卵は限界まで少なくしているのかほとんど出汁のような舌触《したざわ》りで、食べ慣れた出汁とは違った香りがするが、塩味はずいぶんと控《ひか》えめで、食堂とは違った味付けだ。

数口食べたところで魚卵が斜面《しゃめん》を流れていくので、慌てて掬い出した。まとめて口に放《ほう》り込《こ》むと、ぷちぷちとした食感、歯や舌で潰《つぶ》れて中から溢《あふ》れ出す卵液《らんえき》は、魚卵特有の濃厚《のうこう》な味わいに漬《つ》け汁《じる》の塩味が合わさった格別のものだ。

試《ため》しに一粒一粒味わってみると、イクラからは力強い濃厚さを、黒いものからは海魚のような磯《いそ》の香りを凝縮《ぎょうしゅく》した深い味わいを、そして黄色いものは他二つと比べ随分とねっとりしており、どことなく軟体類《なんたい》――タコのような香りを感じた。

一粒一粒しっかり味が染《し》みている魚卵と茶碗蒸しの相性《あいしょう》はどうなのか、という話をすると、これが驚《おどろ》くほど調和している。茶碗蒸しの出汁を魚介由来《ぎょかい》の出汁にしているからだろう。それに考えてみれば、鶏卵《けいらん》も魚卵も卵ではあるのだ。相性が悪いはずもない。

「似てると思いましたが、自信なくなってきました……」

茶碗蒸しの椀を開けたヘイディが、ボソリと呟いた。

迷宮食堂の料理は、普段は給仕《きゅうじ》をしている少女クロエが考案し、営業中は魔竜が調理している。盛り付けのセンスがどちらのものかはわからないが、この料理と比べるものではない気がするのだ。

そもそも、ジャンルが違いすぎる。味付けも違えば、提供の仕方も異なる食堂と旅館の料理を作り分けることなど出来るのだろうか。

「それに、食堂の方はどうなってるんだ？　今はちょうど混んでる時間だろう」

「お昼に見た時は開いてませんでしたが、他の街に居るだけなのか閉めてるのか判断出来ないんですよね」

「だよなぁ……」

考えてみれば、あのレベルの料理を安価に提供している食堂の方が間違《まちが》っている。だが、それくらいあちらも分かって営業しているはずだ。食堂を放置して旅館を経営するような二人には、到底《とうてい》考えられなかった。

しかし、カロラという存在もある。あの少女が異常なほど魔竜に懐いている理由はよく分からないが、接客要員として雇《やと》うには明らかに不相応だ。

若くともクロエほどに接客に慣れているならともかく、同世代であろうカロラは純然たる王族で、接客とは無縁《むえん》の生活をしている。

「カロラと魔竜の関係を深読みしすぎたか……？　別にアシェルが何かやってるだけって可能性もあるんだよな」

「……言われてみると、そうですね」

アシェルは魔導国家を名乗るくらいには魔術《まじゅつ》に傾倒《けいとう》している国だ。そこの王族であるカロラもあの歳《とし》で転移魔術くらい使えてもおかしくはないし、王族が働いている以上、店自体が国家事業である可能性もある。他国の王族の顔など一般的《いっぱんてき》に知られているものではないから、疑いを持つ者も少ないだろう。食堂で顔を見合わせることの方がおかしいのだ。

「ま、考えたところで分からないものは分からないな」

今度食堂が開いた時にでも聞いてみようと、食事を再開する。

次に箸《はし》を伸ばした煮物は、根菜や鶏肉《とりにく》が薄《うす》く醤油《しょうゆ》で色付き煮込《にこ》まれている一般的なものだ。普通《ふつう》と違うところがあるとすれば、細かい飾り切りや隠《かく》し包丁が入っていることだろうか。似たような料理は食堂にもあったはずだが、既《すで》に煮物を食べきっているヘイディが何も言わなかったということは、恐らく味が違ったのであろう。

食堂で煮物を食べたことはないので、深く考えずにレンコンを口へ運ぶ。しゃりしゃりとした食感がハッキリ残ったあっさりめの煮物で、ご飯のおかずとして食べるというより、これ一品で食べることを想定している味付けだ。

出汁と醤油を使ったシンプルな料理で、驚くほど美味《おい》しいというより、食べてて飽《あ》きない味、というのが正しいだろうか。高級料亭のように見慣れない食材ばかりで攻められるとどうしても疲《つか》れてしまうので、こういう分かりやすい料理があると落ち着く。

鶏肉は皮つきのものがいくつか。少々大きいので箸で割ると、ほとんど抵抗《ていこう》なく崩《くず》れた。型崩《かたくず》れしないよう丁寧《ていねい》に、しっかりと長時間煮込まれていたのだろう。しっかり煮汁《にじる》がしみ込んだ鶏肉もまた美味しく、食堂なら主菜で出てもおかしくない出来栄えである。

煮物を少し残したまま温かいお茶で口内をリフレッシュし、ようやく主菜と対面する。

「鯛《たい》か」

赤い皮目をしっかり焼かれた、鯛の焼き物である。

食べやすいようにか皮には何か所も切れ込みが入っており、そこに箸を通して割ると、不思議なことに薄ピンク色の身が現れた。鯛は皮が赤くとも、身は火を通しても白いはずだ。となると鯛ではないのだろうか。

だが赤身の魚は、火を通すと黒くなると記憶《きおく》している。ピンク色になったということは、それとは違う変化を起こしていると思われる。

悩《なや》んでばかりいられないので、実食。皿には薬味や岩塩が盛られているが、まずは何もつけずに身を一口。

「お、おぉぉ……」

一瞬《いっしゅん》、海にでも潜《もぐ》ってしまったのかと思うほどに、視界が開けた。これは間違いなく海水で育った魚だ。しかし、鯛に似ているが鯛ではない。

焼き魚とは思えないほどしっかりとした食感が残されており、噛み続けていると、ほのかに甲殻類《こうかくるい》を思わせる香りを感じさせる。

皮目に振《ふ》られた粗削《あらけず》りの岩塩により塩味が身に移り、何も付けないでも美味しい。だが、この魚の真骨頂は身にはなかった。――皮だ。

真っ赤に染まった香《こう》ばしい皮目に、鱗《うろこ》は一切《いっさい》残されていない。ひとたび皮目の部分を口にすると、魚とは思えない濃厚な脂が口内に襲《おそ》い掛かった。皮下脂肪《ひかしぼう》を多く蓄《たくわ》える魚なのか、身と皮目では全く違った味わいを見せてくれるのだ。

焼いてすぐ食べているわけではないというのに、身が冷えたりしていない。皮目にしっかり乗った脂が、熱を封《ふう》じ込めていたのだろう。

「皮が、凄《すご》いぞ……」

「……皮ですか？」

片手では皿を押さえたり持ち上げたりすることが出来ないヘイディは箸が上手《うま》く使えな

いこともあり、いつも通りフォーク一本で食事をしていた。まだ主食に手を付けていなかったが、気になったのかさっくりと割りぱくりと放り込んだ。

「……脂乗りが、凄いですね」

「あぁ。ただ身はそうでもないんだ。……どんな魚なんだ？」

説明書きには、アーマー・ブリームとこれまた知らない名が書かれている。身だけでも上品な味わいという点で見れば充分《じゆうぶん》美味しいものなのに、皮だけを焼いて食べ続けていたいと思うほど皮は絶品であった。普通の焼き魚ではこうはならない。皮は香ばしさを楽しむものであり、味を楽しむものではないからだ。

焼き魚の根底を覆《くつがえ》す――というほどではないが、これを主菜にはじめて持ってくるのは正解であろう。最後に食べないと、他が霞《かす》んでしまうほどだ。もうさっき何を食べたかあんまり覚えていない。

このまま食べきりたい気持ちを抑《おさ》え、一度薬味に視線を向ける。細かく削《けず》った岩塩の他に数種類。一番気になるのは、刺身に使われるワサビとは少々違った色合いの、鮮《あざ》やかな緑色をしたものだ。

箸につけてぺろりと舐《な》めてみると、意外なことに、ワサビのようなツンとする辛《から》みとは全く違った性質の辛みと、少々の苦みと酸味を感じる不思議な薬味だ。これがどうして焼き魚に添えて提供されたか分からなかったが、信じて少しの魚と一緒《いっしょ》に食べてみる。

――すると、箸を持つ手が止まった。

薬味単品では分からなかった爽《さわ》やかさが口内を抜け、比較的淡白《ひかくてきたんぱく》な味わいの身に更《さら》なる深みを与《あた》えてくれる。それだけではなく、脂が美味しい皮目に、複雑な味の薬味が加わることで、風味や濃厚さを強調させ、食べ続けているとクドく感じかねない脂っぽさを爽やかさで覆《おお》い隠すという相乗効果を生み出している。

このような薬味や食材の使い方は、美味しいものと美味しいものを掛け合わせれば美味しくなる――といった迷宮食堂とは全く違ったものだ。

もしも考案しているのがクロエで変わりないのであれば、どこでこんな料理を覚えたのか、という疑問が生じてしまう。これは長年研究と修行《しゅぎょう》を重ねた職人の技だ。

「……違うな」

「違いますね」

ヘイディも同じところに思考が行きついたのか、二人で頷き合った。この旅館は迷宮食堂と関わりのあるものかもしれないが、少なくともあの二人の料理とは違うものである。

その後も、主菜に飛んでしまったから残っていたいくつもの料理を食べ、最後には炊《た》き込みご飯まで食べ切って満腹だ。いつもは食後のことを考えて腹八分目に抑えているのだが、今日はもう仕事をするつもりなんてないから良いだろう。

皿を下げにきたカロラが持ってきてくれたお茶のお代わりを飲んでしばらくすると、急な眠気《ねむけ》に襲われる。仕事のことも明日のことも何も考えずに寝られるのは、随分久しぶりじゃないだろうか。

先に寝るとヘイディに伝え、寝室で布団《ふとん》に包《くる》まると数秒で眠《ねむ》ってしまった。満腹を感じたまま眠れるなんて、一体いつ以来だろう。

＊

「ふぅ……あっちも全員分片付け終わったかな」

「はあい！　よくできましたクロエさん。少し前まで初心者だったとは思えませんよ！」

「えへへ……」

営業を終えた迷宮食堂の厨房には、三人の姿があった。

普段と違うのは、蛸《たこ》のような頭を持ち、触手《しょくしゅ》を伸ばす不思議生物――料理人であり魔物《まもの》でもある、マインドフレアのクトーさんが居ることだ。

「クトーさんが手伝ってくれたお陰《かげ》です。どう？　リューさん、一人で同時に作れそう？」

「んー、まぁ大丈夫だろ」

普段の営業とは比べ物にならないほど大量の料理を仕上げたリューさんは、流石《さすが》に集中するためか読書をしないままお料理をしていた。まぁ座ってはいたんだけど。

「それにしてもレア様、一度料理の手順を見ただけで再現出来るとは、随分変わった特技をお持ちで……」

「料理人からしたら、腹立つか？」

「いえいえいえ！　素晴《すば》らしいですよ、えぇ！」

嬉しそうに触手を振り回しながらクトーさんが言うので、若干《じゃっかん》近づきづらくなった。感情表現がオーバーなんだけど、そのたびに太くて長い触手が暴れるので、一緒に狭《せま》いところに居るのは結構怖《こわ》い。

「クトーさんはどうしますか？　これから賄《まかな》い作りますけど」

「ご相伴《しょうばん》にあずかりたいところではありますが――その、迷惑《めいわく》ではないですか？」

「迷惑？　どうしてですか？」

「魔物と食卓《しょくたく》を囲むなどと、怒《おこ》る方もいらっしゃいまして……」

「気にしませんよ？　ねぇ？」

リューさんは頷き、客席の方からミャーさんの鳴き声が聞こえた。たぶん同意の声だ。

「じゃあ、ちゃっちゃと作っちゃお。今日は――」

何を作ろうか考えながら、冷蔵庫の扉を開けた。


本日は、温泉旅館のプレオープン日だった。魔王《まおう》さんに話を聞いてからすぐに動き出した計画が実を結ぶのに、三か月もかかってしまった。

しかし、途中でお店に遊びにきた魔王さんがクトーさんを貸し出してくれたことで、私の作れない料理をリューさんが習得し、更にＤＰ交換《こうかん》による高級食材ブーストを掛けることで、他所の旅館にも見劣《みおと》りしない料理を提供出来るようになった。

クトーさんは自分のお店があるのに私とリューさんに料理を教えるため、度々迷宮《たびたびめいきゅう》に足を運んでくれた。その甲斐《かい》もあって、ちゃんとした料理修行などを経ていない私もいっぱしの料理人を名乗れるくらいまでは料理を作れるようになったのである。

旅館分の仕込《しこ》みはリューさんと二人で分担したが、メニューさえ決めればあとはリューさん一人でも作れるらしい。食堂分の仕込みだけでも毎日百人分を超《こ》える量を作っているというのに、そこに更に旅館分の仕込みまでこなせるリューさんは、やっぱりこんなところでお料理をしているような人ではない。

「にしても、案外回せるもんだねぇ」

旅館用の主菜として仕込んでいた鯛のような魔物――アーマー・ブリームの焼き物を食べながら、ミャーさんがしみじみとした口調で言った。

「流石に満室にはならなかったけど、結構ＤＰも貯《た》まるんじゃないかな？　魔王さんも泊《と》まってくれたし」

そう、実は本日の温泉旅館には魔王さんも宿泊《しゅくはく》している。真っ先に招待したが、当日まで返事がなかったので来てくれるとは思っていなかった。

「あの人も律儀《りちぎ》ねぇ……。あ、そういえば結局お料理はどうするの？　毎日同じの出すわけにはいかないでしょ？」

「ほら、そこは一泊限定にしようかなって」

「あー……、実は同じ料理出してるけど、毎日違う人が泊まれば気付かれないか」

「そうそう。でもたぶん二か月くらいしたらループしちゃうと思うから、その時は――」

「その時は？」

「頑張《がんば》って考える！　なんとなくコツつかめた気もするし、クトーさん居なくても頑張れる……はず！」

あんまり自信ないけど、そう何度もクトーさんを呼び出してお料理を教えて貰《もら》うわけにはいかない。あくまで魔王さんとクトーさんの善意なのに、それを傘《かさ》になんでも任せていたら、それはもう私達《たち》の店ではない気がする。

あ、あと忘れちゃいけないのは――

「カロラも、お疲《つか》れ様《さま》。大丈夫だった？」

「勿論よ！　私を誰《だれ》だと思ってるの⁉」

「なんでもできるお姫様《ひめさま》だもんね」

「そうよ！　私はなんでもできるお姫様なの！　あなた分かってきたじゃない！」

もぐもぐと賄いの炊き込みご飯を食べていたカロラが、ふふんと胸を張って言った。

実は旅館の営業は、カロラ一人に任せていた。最初はミャーさんをそっちに送ろうかと思ったのだけれど、カロラが一人でも大丈夫だからと断ったのだ。

一人で旅館側に残るカロラの護衛として、旅館を作って残ったＤＰ全《すべ》てを費やして強化した守護像《ガーゴイル》を置いていたが、なんとミャーさんでも倒《たお》すのに5分はかかるほど強くなったらしい。それだけ時間を稼げれば、余裕《よゆう》でリューさんが間に合う。

そもそも、旅館の場所というのも――

「まさかここが旅館の厨房なんて、誰も思わないだろうね」

「ははっ、こんなん気付ける奴《やつ》居ねえだろ」

「だよね。壁とか壊《こわ》されたら困るけど、それは食堂だけの時も同じだったもんね」

そう、温泉旅館も迷宮なのだ。迷宮内に温泉旅館の中身を作り、食堂と同じように街では箱だけ借りて、簡易ワープゲートによってお客さんを転移させている。

そして旅館の厨房として、これまでの迷宮食堂を旅館内に丸ごと設置した。箱の中に、更に箱を置いたのだ。

これにより、『中に迷宮《めいきゅう》魔族が居なければDPが溜《た》まらない仕組み』を強引《ごういん》に突破《とっぱ》することに成功した。旅館側のお客さんに会わなくとも、温泉旅館の建物の中に私が居る事実は変わらない。これを思いついたのはミャーさんだったが、試してみたら大正解。

食堂の玄関《げんかん》から入るお客さんは食堂だけに出入り出来、旅館の玄関から入るお客さんは旅館だけに出入り出来るようにされているので、中で鉢合《はちあ》わせる心配はない。

そんな設定にしたら私達も旅館と食堂の行き来が出来なくなるのだが、そこはリューさんによる転移魔法《まほう》や、営業中でなければ簡易ワープゲートが解決する。

お料理も食堂の厨房で作ったものを全部転移で旅館側に準備された配膳台に飛ばしているから、リューさん大活躍《だいかつやく》である。

「あとで妖精《ようせい》さん達にお礼しとかないとね」

旅館側に居る人間の従業員はカロラだけだが、実は他にも従業員が居る。それが、妖精さん達だ。ちなみに、私が妖精さんだと思ってたのは、実は精霊だったらしい。

私達が迷宮に温泉を作ったことを知ったミルヴァさんが、定期的に温泉に入る権利の代わりに、精霊を貸し出してくれたのだ。

「なんか、気配は分かるようになってきたんだよな」

「流石にこれだけ居ると、分かるのかな」

真っ先に食事を終えたリューさんが、肘《ひじ》をついて天井を眺《なが》める。そこには精霊が数体浮かんでいた。リューさんに認識《にんしき》されたことに気付いたのか、少しだけ嬉しそうだ。

たまにお客さんとしてやってくる兄妹《きょうだい》ほど育った精霊は少なく、ほとんどが意思を持たない微《び》精霊《せいれい》で、私の視界には小さな光点としか映らない。

ミルヴァさん曰《いわ》く、微精霊が長く生き、成長するためには様々なことを覚えなければいけないらしい。意思を手に入れて喋《しゃべ》れるようになるまで千年はかかるって言うんだから、人としてのスケールしか持ってない私には想像もつかない領域だ。

精霊が旅館中至る所に居るお陰で、館内の異常であったり、呼び出しに即座《そくざ》に対応することが出来る。今日はプレオープンということもあり夕飯の時間を知らせるくらいだったけど、正式オープンしてしまえばもっと色んなお仕事を頼《たの》むことになるだろう。

まぁ、それまでには他にも人間の従業員を増やしておきたいところなんだけど。

「でもカロラ、いつまで働いてられるの？」

「おばあちゃんが良いって言うまでかしら」

「……それ、絶対短くないよね」

「お母さんが退任するまでかもしれないから、20年くらいは覚悟《かくご》してるわ」

「…………」

「でも、良いのよ！　接客、新鮮《しんせん》で楽しいわ！」

はじめは「下民に頭を下げろって言うの⁉」なんて怒っていたカロラだったが、リューさんが何かを耳打ちすると、すっごく従順に働くようになった。脅《おど》しとかじゃないと思うんだけど、カロラみたいな性格の子を自主的に働かせる言葉ってなんだろう？

魔導《まどう》国家アシェルのお姫様、女系の王族で王位継承権《けいしょうけん》第一位のカロラがどうして一般人《いっぱんじん》のように働いているかと言うと、カロラのおばあちゃん――先々代王女から、リューさんに依頼《いらい》があったらしい。「うちのじゃじゃ馬を何とかしてください」、と。

王族として存分に甘やかされて育ったカロラだが、後に王女として国を引っ張っていかなければいけない立場であり、性格をもう少し丸くしてもらわないと困る。それでも身内では強く当たれないからと、外様《とざま》のリューさんに頼んだようだ。

ちょうどそのタイミングで温泉旅館計画が出ていたから、ならそこで働かせてみるか、という話になったのである。

「街の選定も済んだら、とっととオープンするか？」

「そうだね。ボディルとエディト、あとは魔王さんのところが確定で、他はどこが良いんだっけ」

「無難なのはアウギュスタだが、ちょっと客層が料金設定と合わないな。他は――」

リューさんに挙げられる地名も、前までなら分からなかった。けれどもう数えきれないほど食堂を繋《つな》いだ街があるので、どこも聞いただけで客層や街の雰囲気《ふんいき》が分かるのだ。

色々な街でお店を出すと、働いているだけでも見識を広めていくことが出来る。計画通りではあるのだが、それが身についたようで少しだけ嬉しくなった。

「あ、どこでも良いならバルバストルは？」

「バルバストルって……魔族領のとこだっけ、行ったことはあるよね？」

珍《めずら》しくミャーさんが提案してきたので、食事の手を止めてリューさんに聞くと頷かれた。

「そん時はもう隣のクラブリーに繋いでたから近くてやめたんだったかな」

「あ、そうそう。ミャーさんどうして？」

「そこ、ミャーの領地なのよね」

「「…………」」

突然《とつぜん》未知の情報が沸《わ》いてきて、私とリューさんの思考が一瞬止まった。しばらくして再起動したリューさんが「まぁ魔王《まおう》だしな……」と呟くので、ようやく私も正気に戻る。

「……ミャーさん、領地とか持ってたんだ」

「元々迷宮あったの、そこなのよ。面倒《めんどう》だからウォー君に丸投げしてるけどね。この時代にはもう知ってる人なんて居ないんじゃないかなー」

さらっと言われることじゃない気がするけど、確かにミャーさんの性格で領地運営とか出来ないのはなんとなく分かる。元の領主に「なんかいい感じによろしくー」とか言ってどっか行ってそうだ。いや実際似たようなものなんだろうけど。

「昔は、魔王を輩出《はいしゅつ》した土地はその魔王のものになるって風習があったのよ。今はもう大体が既存《きそん》魔王の領地だから領地分けとかになるけどねー」

「ふむ……バルバストルといえば、クロヴィス公の領地と認識しておりましたが」

はふはふと湯気を口のようなところから出しながら角煮《かくに》を食べていたクトーさんが言うと、ミャーさんが「それウォー君の貴族名だね」と返す。えっ、貴族としての名前とかあるんだ。ミャーさんにもあるのかな。

「ウォー君って中の人知られてないからさ。いくつも名前持ってるんだよ」

「へぇ……ミャーさんも同じだね」

「そうねぇ」

ミャーさんをミャーさんって呼び出したのは私だけど、今では一人称《いちにんしょう》にもなってるし嫌ってるわけではないはず。でもそういえば、魔王になると元の名前を捨てるって教えて貰ったことあったっけ。その過程で名前が増えちゃうんだろうな。

「つーか、ウォーレンに人の姿なんてあったんだな」

前菜として作っていたお刺身や小鉢をつまみながらリューさんが言うと、ミャーさんがあははと笑って返す。

「種族的には陽狼族《マーナガルム》で、ミャーと同じなのよ」

「なんと……！」

ミャーさんがウォー君と呼ぶ第二階位魔王、混沌《こんとん》なるウォーレンというのは、前世の私の死因でもある狼さんだ。

当時は死にたかったから全然恨《うら》んでないし、せっかく転生したんだし会って挨拶《あいさつ》したいな、くらいにはずっと思ってる。当然、会う機会なんてないんだけど。

「クロヴィス公には一度だけ料理をお作りしたことがあります。随分と若い方だと思っておりましたが、私、人の年齢《ねんれい》を判別するのが得意ではなく……」

そんなことを考えてると、クトーさんが触手を挙げてそう言った。

「ってことは、死んだばっかかだったのかなー？」

「死んだ、ですか？」

「んーと、ウォー君って死んだらその場で生き返るのよ。ただ0歳からやり直しになるから、それ誤魔化《ごまか》すためにいっつも幻覚《げんかく》出してるだけで」

ミャーさんが口元に手を当てて言うと、リューさんがフォークを置いて「ははっ」と笑いだした。合点《がてん》がいったという顔だ。

「そりゃ、誰にも負けねえわけだ」

「死んでも生き返るなんて、そんな人居るんだ……」

そう呟《つぶや》くと、皆《みな》にじっと見られた。いや、クトーさんが私を見てるのかは分からないけど。いやでも私の転生ってそういうのじゃなくない⁉　はじめは記憶なかったし場所も種族も全部違うし！

「ご主人は転生《リインカーネーション》、ウォー君は復活《リスポーン》だから全然違うね」

「……そうやって生き返る人、案外多いの？」

「まーさか」

ミャーさんが笑いながら言うと、リューさんとクトーさんも釣《つ》られて笑う。私だけ世間知らずみたいなんだけど、まぁ実際そうだしなぁ。

「第四みたいに種族特性で死ににくい人は居るけど、完全に死んでから生き返る種族なんて聞いたことないねー。ウォー君は特例で、蘇生薬《そせいやく》で生き返った人のが多いんじゃないかな。ご主人みたく前世と全く違う人になるのはほんと稀《まれ》よ？」

「……そうなんだ」

蘇生薬は、ＤＰ交換リストで最初から選べた。しかしあまりに多額のＤＰを消費するし、交換したらすぐに消費しないと消滅《しょうめつ》すると注意書きがあった。保険に持っておくことも出来ないので、その場で出してその場で使うしかない。そうなると当然、自分が死んだ時は使えないので、他人を生き返らせる専用である。

「そういやクトー、お前いつ死ぬんだ？」

突然リューさんがそんなことを言うものだから、私とミャーさんは硬直《こうちょく》する。ちょっと流石にデリカシーなさすぎじゃない⁉

「おっと、流石にレア様はご存知《ぞんじ》でしたか」

「そろそろ付け替えないと腐んだろ、それ」

リューさんが指を指したのは、クトーさんの胴体《どうたい》だ。

そういえばクトーさんって、元は頭しかなくて、それどころか水生だったんだよね。頭と胴体では別の寿命《じゅみょう》があるということだろうか。

「これまで魔王様以外には勘付《かんづ》かれませんでしたが……そうですね、無理に延命させておりますが、恐《おそ》らく持って3年ほどかと思われます」

「けどそれ、外せんだろ？」

クトーさんは、リューさんの問いにしばらく逡巡《しゅんじゅん》した後、首を横に振った。

「身体を操《あやつ》るために脳幹を繋いでしまいましたので、恐らく着脱《ちゃくだつ》は不可能です」

「ふぅん……」

あっさりとした態度で返すリューさんに、何か言おうとして踏《ふ》み止《とど》まった。私が何を言うというのだろう。カロラの先祖にしたように、複製して頭を繋ぎ直すとか？　でも、きっとそれでは駄目《だめ》だ。クトーさんにとっての頭はただの頭ではなく、それそのものが魔物としての本体である。それを作り変えるというのは、魔物を一から創造するに等しい。いくらリューさんでもそんなことは出来ないはずだ。……たぶん。

「ま、200年くらいか。人の身体にしてはよく持った方だろ」

「ええ、はい、その通りです！　それに、私の生み出したものは、私が死んだところで失われるものではありませんから」

そう言ってクトーさんは、ニコリと、私に向かって微笑《ほほえ》んだ。

「『シュドメル』の経営は魔王様に譲《ゆず》ろうかと思っていましたが……カロラ様には、受け取る権利があります。いかがなさいますか？」

「えっ、私？」

「はい。カロラ様のご先祖――ハンナ様には、ただの魔物でしかなかった頃《ころ》にお世話して頂いた恩義があります。受け取って頂けますか？」

「そんなの要《い》らないわ！　経営とか分からないもの！」

「…………左様ですか」

ちょっとガッカリした様子のクトーさんが、ならばと私の方を見るので首を横に振った。

今は迷宮の外にあるお店の経営までしてる余裕はないよ！　食堂と旅館だけで手いっぱいだしそもそも私にそんなもの受け取る権利ないよね？　三か月料理教えて貰っただけだよ私！　どっちかと言うとリューさんは――顔が「要らねえ」って言ってる！　だよね！

「では、クロエさんにお願いを一つ、宜《よろ》しいでしょうか？」

「えっ？　はい、私で良ければ」

「レア様を、宜しくお願いします」

深々と頭を下げたクトーさんに対し、なんと返せばいいのか分からず一瞬固まってしまった。えっと、レアってリューさんの昔の名前だよね。よろしくって、逆によろしくされてる立場だと思うんだけど――

「おや」

私の様子に気付いたのか、クトーさんが顔を上げるとリューさんの方を見る。

「まだ言っていなかったのですか？　レア様も――」

クトーさんが何か言おうとした瞬間《しゅんかん》、リューさんの手が伸《の》びて顔を鷲掴《わしづか》みにした。あっやっぱりクトーさんの頭って柔《やわ》らかいんだ。超変形《ちょうへんけい》してる……じゃなくて。

「言うな」

コクコクと頷《うなず》くクトーさんは、何を言おうとしたのだろう。リューさんは、私に何を隠しているんだろう。

それは分からない。でもきっと、リューさんは自分から話してくれると信じている。

それだけ伝えると、リューさんは「ん」と頷いた。私は、いつまでも待っていられる。

「待ってるからね」

いつ死ぬか分からないこの身体は、寿命とは無縁だから。

私には明確な寿命《おわり》がない。だから、これからどう生きるかだけだ。

きっと、大勢の人を見送っていくのだろう。

けれど、どうせ生きているなら、最後まで皆を忘れないでいたいな。

終わらないもの

ほんの少しだけ、私の話をしようと思う。

名はクロエ。姓《せい》は——前まであったけど、今はない。

そんな私にも、明確に他人と違《ちが》うことがある。それは、前世の記憶があるということ。

いや、あった、というのが正しいだろうか。リューさんと、ミャーさんと、皆と会って、話して、生活しているうちに、どんどん抜《ぬ》け落ちていったから。

数多く蓄えられた呪《のろ》い、前世に『ヒール』という呪文《じゅもん》を酷使《こくし》した影響《えいきょう》か記憶に欠落の多かった私は、元からあまり多くのことを覚えていたわけではない。今覚えているのは、勇者のパーティに回復師《ヒーラー》として所属していたことくらい。

前世で死んで、転生の呪いによって生き返って、リューさんと出会った。だから、過去のことはもう良い。別に、何があったかなんて気にしない。

けれど、前世で私に料理を教えてくれた誰かのことは、思い出したくても思い出せない。これだけは失いたくないと願っていたはずなのに、昔見た夢のように曖昧《あいまい》だ。

以前リューさんが教えてくれた。思い出したいのに思い出せないということは、忘れていた方が都合が良いからだと。

人の脳は、自分を守るためにリミッターを設定している。けれど私は、絶対それを外すなとリューさんに言われた。だから、しない。リューさんは、私より正しい選択《せんたく》をしてきた人のはずだから。


あぁ、私の話なんてもう良いか。パンを捏《こ》ねてると、どうしてもいろいろな考え事をしてしまう。毎日ほんの少しの時間だけど、誰とも話さず自分の世界に入れるから、パン作りは嫌《きら》いじゃない。今日はあんまり捗《はかど》らなかったけど。

＊

「そういえばクロエ、なんでパンだけは自分で作るんだ？」

「え？　うーん、なんとなく？」

「……そうか」

別に時間があるなら、無理に魔法で時間短縮をする必要はない。パン作りにおいて重要な発酵《はっこう》という過程は魔法との相性《あいしょう》があまり良くないので、任せられても困るというところはあるが、それをクロエが知ってるとは思えない。

とはいえ、営業中の焼成《しょうせい》は魔法で行っているので、自分でやりたがるのは計量したり捏ねたり丸めたりといった下準備だけだ。

ただ、拘《こだわ》りがある人間というのは効率の悪い手法を愛用することがある。クロエがどこで料理を覚えたか知らないが、失われた記憶のどこかに、パンだけは自分の手で作るようにとでもあったのだろう。酵母《こうぼ》まで自作するというのだから、妄執《もうしゅう》的にも思えるが。

魂魄《こんぱく》理論なんてものを昔翳《かじ》った記憶がある。記憶になくとも覚えているものは、脳でなく魂《たましい》に刻まれているからという話で、魂を否定することは大抵《たいてい》の魔法使《まほうつか》いには出来ない。

それ以外で説明出来ないものが、この世界にはいくらでもあるからだ。

以前、クロエの前世について調べたことがある。１８００年前のことを調べるならともかく、たかが３００年かそこら前のことだ。調べられないはずがない。

——が、そう簡単な話ではなかった。クロエの記憶には重大な欠落があり、地名や人名など、およそ名に当たるものが全て失われていたからだ。

その手の記憶喪失《きおくそうしつ》は、大抵は人為的《じんいてき》な記憶操作である。だが、本人がそれで良いと考えているし、思い出したくもないと考えているのは間違《まちが》いない。

あぁ、まだ覚えている。記憶の欠落について話していたクロエに聞いた時のことだ。

「思い出したいなら協力するが」

そう聞いた瞬間《しゅんかん》、クロエに張っていたもの、オレに張られていたもの、それら全《すべ》ての障《しょう》壁《へき》が一瞬《いっしゅん》にして砕《くだ》かれた。

クロエはいつもの表情——とは違った無表情で、一言答えた。「いらない」、と。

本人は意識していたわけではなかったようだし、障壁が砕けたことなど気付いているはずもない。まぁメレミャーニンは気付いていたが、ほんの一瞬漏《も》れ出た殺意じみた呪いに勘付かない魔王は居ないだろう。

だから、勝手に調べた。クロエ本人について調べるのは本人の協力無しでは不可能なものもあるが、これまで聞いた話からある程度は推測出来たからだ。

曰く、勇者パーティに所属しており、ウォーレンの迷宮に挑《いど》んで敗れた。

曰く、他者の損傷情報を自身に転写する『カバーリング』という呪文を習得していた。

曰く、自らの肉体損傷全てを修復する『ヒール』という呪文を習得していた。

曰く、コード・フィフス・リリス——略してフィリスと呼ばれていた。

そう、このくらい。オレがクロエについて知っているのは、本人が話したのは、たったこれだけのことなのだ。

しかし、それだけの情報でも、いくつか調べることは出来た。それは歴史書などではなく、魔術師《まじゅつし》ギルドに保存されていた過去の論文であった。

今から500年ほど前にいくつかの国が共同して、完璧《かんぺき》な回復師《ヒーラー》を作る計画があった。

普通《ふつう》ならば持続回復であったり生来の回復能力を強化する治癒《ヒール》を瞬間的に行う存在――そんな者が居れば、勇者は傷を恐れず戦うことが出来る。

だが、治癒というのは総じて痛みを伴《ともな》う。傷を負った痛みと、更に治す時の痛みで二重になり、そのままでは精度の高い戦闘《せんとう》など行えない。そこで考えられたのが、治癒の前に傷そのものを他者に移《うつ》し替《か》えるという発想だ。

論文は机上《きじょう》の空論でしかなかった。しかし、それから200年ほど掛《か》け、発展させた者が居たら、どうだろう。

『カバーリング』という聞いたことのない、状態の転写という現象を引き起こす呪文を作り出し、それをクロエに植え付けたのだとしたら。

――悪趣味《あくしゅみ》だ。そう断言出来る。死んでも手放せないほど魂の奥深《おくふか》くに呪文を書き込《こ》んだ奴らのことを、俺《おれ》は許せない。許したくない。

だが残念なことに、その計画に関《かか》わったであろう国は全て滅《ほろ》んでいた。オレが呪いから解放されたその時には、とうに滅んだ後だった。ざまぁみろ。


「リューさんさ」

「……ん?」

「その眼鏡、オシャレ……じゃないよね?」

パンを捏ねていたクロエが、突然そんなことを聞いてきた。一緒に暮らすようになってどれだけ経《た》ったか、眼鏡について聞かれたのは初めてだった。

「あぁ、魔導具だよ」

「どんな効果があるの?」

「これで見ると、製作者が込めた感情が読める──っても分かんねえか」

一応正確に伝えたが、クロエは案の定首を傾《かし》げている。まぁそんな反応をして当然だ。

1800年前に友人が作った魔導具『慟哭鏡《ウイーダ・フルフ》』は、人造の無機物に対してのみ反応し、それを作るにあたって製作者が考えていたことが情報として浮《う》かび上がる。

──これを魂と呼ばずして、なんと呼ぶ。

無機物に記憶野《きおくや》などあるはずもなく、そして紙にインクで書かれた筆致《ひっち》以上のものが読み解けてしまう以上、製作者がそれに魂を与えたと考えるしかない。強い感情を込めたものでないと何も読めないが、さて、これで人体を見たらどうなるかと言うと――

「――ッ、あー」

「どうしたの？」

「なんでもねえ」

クロエに目を向けた瞬間、軽い頭痛に襲《おそ》われた。鑑定酔《かんていよ》いみたいなものだが、実際は違う。クロエが無機物でも人造物でもない以上、『慟哭鏡《ウイーダ・フルフ》』は反応しないはずなのだ。しかし、実際には反応してしまう。クロエにだけは。

だから、この眼鏡を掛けている時にクロエを見ないようにしていた。今はうっかり視線を合わせてしまったのがいけない。クロエから滲《にじ》み出る、怨念《おんねん》じみた何か――それを一瞬《いっしゅん》だけ認識してしまったことで、脳が処理能力をそちらに割《さ》いた結果生じる頭痛だ。

その痛みはすぐに消えるが、眼鏡越《ご》しに見たクロエが、どこかいつもと違って見えた。

「クロエ、顔色悪くねえか？」

「え？　そう？　元気だけどなぁ……。あ、さっき変なこと考えちゃったからかも」

「変なこと？」

「うん、昔のこと。思い出そうとしたけど、やっぱ駄目みたい」

クロエには、あるはずの前世の記憶がほとんどない。それが呪いの影響か、それとも転生の副作用かは分からない。以前は気にしていたようだが、最近そんな様子はなかったのですっかり忘れていた。どうやら、一つだけ思い出したいことがあるらしいのだ。

しかし、どうだろう。それは本当に思い出していいことなのだろうか。

「まだ気にしてたのか」

「んー、たまに？　クトーさんにお料理教えて貰ってからなんとなく考えるようになっただけで、ずっと忘れてたんだけどね」

「……そうか」

ここで軽率《けいそつ》に「手伝う」とか言ってはいけないことは知っている。クロエは、人に協力を仰《あお》ぐ時は素直《すなお》に頼むタイプだ。たとえ相手が魔王だとしても。

そもそも、他人の記憶を覗《のぞ》く魔法なんてオレは知らない。だから仮に手伝うとしても一から魔法理論を作ることになるし、それは恐らく数年がかりになる。

「なぁ」

「うん？」

「たぶんオレ、クロエより先に死ぬから」

「……急だね。いきなりどうしたの？」

「いや、一応伝えておこうかと思ってな」

クトーの寿命が近いことを知ってから、クロエは時折考え込むようになった。これまで身近なところに居る親や友人を寿命で失ったことはなかったのだろう。

周りに居るのが数百年生きる魔王だったり、人の肉体を捨てて食屍鬼《グール》になったオレだったりしたから、そういうことを考える機会がなかったのか。

オレにとって、他人を見送るのは当たり前のことだった。呪いから解放されて３００年もの間、死にゆく者をただ見送り続けてきたから。

「んー、なんとなくそんな気はしてたけど、すぐじゃないんだよね？」

「あぁ。まぁ、そんな直近の話じゃない」

「………………」

「どうした？」

「私、リューさんに死んで欲《ほ》しくないんだけど」

「いや、そう言われても……」

腐《くさ》りゆく身体を無理矢理《むりやり》現世に留《とど》めるのにも限界がある。しかしそれがいつ崩壊《ほうかい》するかは、被験者《ひけんしゃ》が自分で、更《さら》に初めての実験ともなると、死んでみないことには分からない。

死ぬ前に論文にまとめておきたいとは思ってるし、そのくらいの余裕はあるはず。恐らく1年2年ではないだろうが、魂が摩耗《まもう》し明日になる可能性はゼロではない。

クロエの様子にどこか違和感《いわかん》を覚えたのでふと眼鏡を外して見ると、クロエの目の色が変わっていた。——物理的に、瞳《ひとみ》が赤く染まっていたのだ。

「……おい」

「渡《わた》せた……かな」

「渡せた？」

「うん、逆は初めてだったけど、出来たみたいで良かった。一度使っちゃったから、ちゃんと動くかは分からないけど……」

瞳が元の色に戻《もど》ったクロエは、何かを確信している。慌《あわ》てて鑑定魔法《かんていまほう》を使用すると、自身の状態に見慣れない文言があった。

「私にはもう使えないものみたいだし、リューさんにあげるね」

「…………」

「要らなかった？」

「い、いや……」

思わずたじろいだ。いや、確かに受け取った。拒否《きょひ》も受領も、何もないまま収まった。

まるで最初からそこにあったかのように、ハッキリと書かれている。

『転生の呪い《ハールス・ウィ・ファトラ》』。随分《ずいぶん》と古い文字で書かれたその呪いは、一体クロエが何から貰ったものだろう。一体誰から奪《うば》い取ったものだろう。

原初の魔王《ハールス》の名を関する呪いが、まともな呪いのはずはない。それこそ、オレを150年封印《ふういん》し続けた不死竜《ふしりゅう》の呪いほどに高ランクの呪いのはずだ。

「待て、おいこれ0歳《さい》からやり直しになるんじゃなかったか？」

「うん。それでえっと、記憶が戻ったのは10歳の誕生日だったかな」

「…………」

「もしリューさんが私より先に死んじゃったら、頑張って見つけて育てるね！　子育て経験ないけど、なんとなく出来る気がする！」

「本気《マジ》でやめろ…………」

やべえ、この目、思ったより本気だぞコイツ。とんでもないものを押《お》し付けただけじゃ飽《あ》き足らず、オレを……育てる……？　いや、それは…………非常にキツい…………。

どこか違う場所に転生する人間を見つけることなど、普通は出来ない。

だが、クロエは普通じゃない。本人も数えきれないほど大量に抱《かか》えている呪いの中には、昔の天眼《てんがん》が使っていたような千里眼もあるかもしれない。探そうと思えば、本当に見つけてしまえるかもしれないのだ。

「死ぬわけには、いかねえな」

「当たり前でしょ。簡単には死なないでね、私を守ってくれるって、言ったんだから」

「……あぁ、そうだ。そうだったな」

そうか、そういうことか。今ようやく理解した。あの言葉を受け取ったクロエは、根本から勘違《かんちが》いしていたのだ。


生きてる限りは、オレがクロエを守る。あの時確かにそう誓《ちか》った。

しかし、オレが生きてる限りは、というつもりで宣誓《せんせい》したのを、クロエが生きてる限りは、と認識していた。そりゃ、噛《か》み合わないわけだ。

——いやクロエ、死なねえだろ。

300年寝《ね》てたどころか成長が完全に止まってる奴に、最早寿命《もはやじゅみょう》なんてあるはずない。生命の縛《しば》りの外にある存在だ。それはもう、精霊《せいれい》とかそういうものに近い。

寿命を延ばす手段のあるメレミャーニンとか、命をとうに捨てて腐りゆく身体を押し留めているだけのオレとは、根本から違うのだ。

外的要因がないと死なないであろう奴に、とんでもない約束をしてしまった。それに、もし外的要因でクロエが死ぬことがあったら、その時はきっと、この世界が終わる時だ。

「ったく、とんでもねえ約束しちまったな」

「もう、なんてこと言うの！　あの時すっごく嬉《うれ》しかったんだから！」

「あー、はいはい。反故《ほご》にはしねえよ。生きてる限りは、な」

そう伝えると、クロエは嬉しそうに「えへへ」と頬《ほお》を掻《か》く。手に付いた小麦粉が、頬にうっすら跡《あと》を残した。


オレは、こいつを守って生きていく。

そして死んでも、ずっと、ずっと守り続ける。

――その日が来るまで、ずっと、ずっと。


「頑張《がんば》ろうね、リューさん」

「ん？　あぁ、そうだな」

クロエを魔王にするというのは、終着点に付けた目印のようなものだった。

それを達成してしまえば、オレは全《すべ》てが終わると思っていた。１８００年間生き永らえたオレにも、やっと終わりが来るんだと思っていた。

けれど、違った。終わりなんて来ない。だから、そうだな——

ウィンをぶん殴《なぐ》った後の目標でも、探してみるか。

それは、二人——いや、三人で出来ることだと、より良いな。

そんなつまらないことを考えながら、仕込《しこ》みを続ける。

旅館の正式オープンも迎《むか》えて、客入りは悪くない。これなら予定よりすぐに目的地に到《とう》着《ちゃく》してしまいそうだ。

先へ、進もう。終わるはずだった人間の、もっと、ずっと先へ。

あとがき

お久し振りです。衣太です。なんと1年ぶりに新刊を出させて頂くことが出来ました。2巻出たのってそんなに前だったんですね。

1巻から2巻の隙間は4か月だったんですが、2巻の内容って1巻発売のだいぶ前から書いてたんですよ。3巻の一部はノベプラに載せていた内容のリメイクと言いたいところですが、もう同じなのはキャラ名くらいかな。

今でも全く更新していないノベプラ版のブクマがたまに増えていますが、タイミング的にはコミカライズ版を読んで先の話を知りたくてウェブ原作を、な方が多いんだと思います。私もよくやるので。ごめんなさい、あちらに先の話は特にありません。


そうそう、コミカライズです。皆さん読みましたか？

ふるかわてんたさんによるコミカライズ版迷宮食堂が、電子書籍どこでもヤングチャンピオンで毎月掲載されており、5月には待望の1巻が発売されました。

私は応援する係なのであまり強い言葉を使えませんが、漫画家さんって凄いですね。同じ材料からこんな違った料理が作れるのかと、いつも関心しながら読んでます。

小説を書く時に漫画形式で場面を浮かべながら書く人とアニメ形式で場面を浮かべながら書く人が居る——なんて話を聞いたことがありますが、私はどちらも浮かべず書いてるタイプなので、漫画になって初めてキャラの表情が分かった気がします。

クロエはころころ表情が変わることは知ってましたが、本当に表情豊かで良いですね。常に不機嫌そうに見えるというあまりに漫画的に難しい顔をしているリューさんも、変化幅が狭いだけで表情が変わってるんだなと知れて嬉しかったです。

軽いテイストで楽しめるはずの食堂ジャンルのはずが、どうしてかこってり系になってしまいがちな私とは全く違ったアプローチで物語を作って頂いております。

webでもいくつかのサイトで読めると思いますので、是非読んでみて下さい。


また、今回も新キャラや綺麗なイラストを仕上げてくれたすざくさん、いつもありがとうございます。

3巻は食堂外のお話が多いということもあり、表紙では初めて外に出て貰いました。そういえばこの3人がこの姿で揃うのって1巻の口絵だけだったんですよね。それもこれもキャラ増やしまくる衣太とかいう作者がいけない……。

人外とか老人とか書かせてた犯人はこいつです。申し訳ございません。でも本当にいつもキャライメージ通りのものを書いて頂けて嬉しいです。

今回、表紙や挿絵でいつもと違った表情を見せてくれるリューさんは、きっと楽しんでいることでしょう。若リューさん……強そう……SUKI……。

ところで、ここまで読んだ人は勿論口絵もご覧になったと思いますが、こいつまた金髪増やしやがりました。金髪以外の髪色知らないのかって突っ込みは甘んじて受け入れます。すざくさんごめんなさい。いつも可愛く書いて頂きありがとうございます。

3巻は、「これから」を意識して書いてあります。特に最後のお話は、この迷宮食堂という物語を作るにあたって、最初に決めていたことでした。

それを書けてようやくやりきった感はありますが、謎のままになっていることや、これから3人がどうなるのかなど書きたいことはいくらでもあるので、皆さんに続きがお見せできる機会があることを祈ってます。

やっぱり4ページもあると余りますね。しばらくラップします。

ついに3巻まで来たレットイットショウ　さぁさ響かすアセンションな打鍵音　こっからはアンチェインな破天荒　壁を超えるのは俺だけじゃ出来やしねえ　ドッグもヘッズも女子も男子も　皆で出前館でデリバリーして　こちら食堂　からのロックオン　君も喰らってみるかいトンプソン　いつか潜ってみたいな登竜門　しかし足りないプロフィット超重要　マイメンとずっと一緒ソリューション　ラスト3バースのレボリューション　ワナビを押し上げるぞ営業部門　このまま行くぜ衣太メンオブウォー！

ここまでライム刻んでからネタ被ってないかなと過去に書いたあとがき読んでみたんですが、あとがき開いていきなりラップ始めるのは流石にビビりますね。治安悪すぎだろ。H歴か？

私一人では絶対に作れない迷宮食堂というこの物語を、一緒に作って頂いた担当さん、書籍化に関わる全ての方に感謝を申し上げます。

では、またお会いしましょう。

第2巻製作決定！
次は、逃亡魔王様の
楽しいダンジョンライフ⁉
He had already retired!
引退魔王は悠々《ゆうゆう》自適《じてき》に暮らしたい
辺境で平穏な日々を送っていたら、女勇者が追ってきた
vol.1
山川海 著
YAMAKAWAUMI
illustration 鍋島テツヒロ

宿敵の女勇者リタと共に農村の
危機を救った引退魔王シグルド。
そんな彼は何故か農村から逃げて、
ルトイッツ地下迷宮を潜る
新米探索者シグさんとして、
新たな生活を始めていた!?
魔王としての力や知識をほどほどに活かし、
第三の生活を楽しむシグルド。
しかし、それを追いかけるようにリタもやってくるわ、
さらなる大事件にも巻き込まれるわ、
まだまだ落ち着けないようで――
新米探索者な魔王と、
不器用な純朴美少女勇者、
親密になった宿敵二人の
ドタバタダンジョンライフが始まる!!!

王都の監査官たちの審問をどうにか乗り越えたアスタたち。
しばらくすると、今度は兵士長におかしな動きがあると教えられる。
どう警戒すべきかと考えていた矢先、
兵士たちが森辺に調査をさせろとやってきてしまう。
さらには、モルガの禁忌に触れるような事態にもなって――
Author
EDA
Illust.
こちも
異世界料理道
VOLUME
31
Cooking with wild game.

争いの火種が
尽きない緊張の第31弾!!
2023年秋ごろ発売予定!

HJ NOVELS
HJN66-03

迷宮食堂『魔王窟』へようこそ3 ～転生してから300年も寝ていたので、飲食店経営で魔王を目指そうと思います～

2023年8月19日　初版発行

著者――衣太

発行者―松下大介
発行所―株式会社ホビージャパン
〒151-0053
東京都渋谷区代々木2-15-8
電話　03(5304)7604（編集）
03(5304)9112（営業）

印刷所――大日本印刷株式会社

装丁―― 5 GAS DESIGN STUDIO／株式会社エストール

Printed in Japan

ISBN978-4-7986-3249-0　C0076

ファンレター、作品のご感想お待ちしております
〒151－0053　東京都渋谷区代々木2－15－8
(株)ホビージャパン HJノベルス編集部 気付
衣太 先生／すざく 先生